如果文學很簡單，我們也不用這麼辛苦

Nobody Says It's Easy When We Talk About Literature

郭強生——著

目次

part II

文字可驅魔、可召魂、亦可昇華寬恕

part III

激扯浪潮下 尋找一塊堅穩的土地

part IV

全球化廢墟中的沉靜與喧譁

開場白

聰明的讀者是不需要序言的。

寫一本書，等於把該講的話都記下來了，尤其這是十年才會生得出來一本的那種作品，十年裡我說過寫過有關文學的字句何其多，最後才刪選編輯成了這些，所以如果再來增一篇長序，好像與這本書的意義自相矛盾。

上一次是二〇〇二年的《在文學徬徨的年代》。剛從美國回到台灣，提出了十八個跟文學有關的疑問，因為發現如果自己要在台灣搞文學，這些事情一定得自己先想清楚。

十二年後才又有了這一本。徬徨過了，就只剩下如何努力，益發感覺文學真的不是一件簡單的事。我與其他很多仍在寫仍在讀，仍在作文學出版的朋友們，竟然都還沒放棄，大概因為我們天生就是不喜歡簡單答案的人，所以甘願。

慢慢讀，不用急。如果它也能讓你有感覺的話——

任何的感覺都好。

然後開始嘗試瞭解，自己為什麼有這樣的感覺，而不是只停留在感覺而已。

文學，就是這樣開始的。

part I

不在既有的遊戲規則中安適

魔鏡啟示錄

日前在讀諾貝爾文學獎得主帕穆克在哈佛演講稿成書的《率性而多感的小說家》[1]，突然感覺這年頭當作家真是不容易，除了要寫出好東西之外，還要能把自己如何寫作講得頭頭是道。我佩服帕穆克除了小說寫得好，一場場演講的內容也是才思敏捷，旁徵博引。但是，讀完了他的演講，就真的能夠窺得作家那顆如裝了千瓦電流的腦袋裡，靈光如何同煙火一般炫耀引爆嗎？

說起閱讀與創作，那真的仍然是滿神祕的一件事，能被具體形容或理性分

1《率性而多感的小說家》（*Safue Dusunceli Romanci*，二〇一一），奧罕・帕穆克（Orhan Pamuk）。

析的部分，絕對不足以概括這項人類數千年來一直不曾中斷的行為。

同樣的，讀著帕慕克，我一方面不時欽佩著他把自己的創作與閱讀做了如此精彩的鋪陳與分享，但同時也更讓我一點一點沉入了我個人潛意識中無法言說的，與文字之間四十年來的糾纏癡愛。

類似帕慕克這樣的大師文學講堂我也讀過不少，像是波赫士、昆德拉、卡爾維諾等等，他們的演說也都有結集成書。為什麼要讀有關他們如何閱讀、如何寫創作的說法呢？就我個人而言，通常是想獲得一些吾道不孤的驗證吧？

也就是說，如果我沒有類似的經驗體會，那讀起他們的說法恐怕如小和尚聽講道一般霧裡看花。因為，就算是於我心有戚戚焉，那也不是具體的，就像是帕慕克一直在強調，讀小說的樂趣是在尋找那個「核心」，但這終究還是一種文學隱喻的說法，核心的意涵到頭來還是有著個人的想像成分。

帕慕克還說：「因為我們忘記作者之時正是我們相信小說世界是實際的、真實的世界之時，我們相信作者的『鏡子』（這是對於小說描繪或『反映』現實的舊式暗喻）是一面自然完美的鏡子。事實上，當然沒有所謂完美的鏡子。每個讀者一旦決定看一本小說，便會根據自己的嗜好選擇一面鏡子。」

作者的鏡子，讀者的鏡子，鏡子中的鏡子，是不是很像是走進了鏡相迷宮呢？

就連帕慕克也無法不拋開隱喻。這倒讓我鬆了一口氣：本來就不可能說得一清二楚的嘛！那麼要來談關於我的閱讀，應該純屬自說自話，端看讀者是否心有靈犀與我聲氣相通就好。

好吧，那我也從我的「鏡子」來說起。我在選擇什麼樣的鏡子？應該是比較像童話裡的那種魔鏡，讓我可以對它說：「魔鏡魔鏡，請你快點告訴我⋯⋯」

閱讀，從不是為了得到一個折射後可供自我感覺良好的幻境。我總是帶著疑問困惑，在不同的書寫中找尋。白雪公主的後母在問魔鏡這世界上最美的女人是誰時，心中抱著預期，當期盼落空就巴不得砸碎魔境。許多人聽說也是這樣，從此不再接近文學。

我在面對我的魔鏡時，沒有預設立場，也沒有期待中的答案。反而，我最常問的問題就是：魔鏡啊魔鏡，請問「人」到底是什麼？……

我的魔鏡永遠會說出真話，關於這個世界；更重要的，關於我自己。

魔鏡之一，那是當年省政府教育廳所主編的一套兒童讀物，我取出其中的一本，書名叫做《賣牛記》。

一個窮人家的孩子，與母親一條老牛相依為命，直到有一天生活過下去了，母親賣了老牛，小男孩決定進城去找回他的好朋友。一個江湖賣藝的老人，孤單漂泊，看到這孩子想起了自己早夭的兒子，於是把自己的積蓄拿出來幫小男孩把牛從販子手上贖了回來。

故事就結束了。

年幼的我把這個故事讀了一遍又一遍，每讀一次哭一次。難道故事的結局不夠圓滿嗎？但是我感受到的不是情節，而是那些人物的心情轉折。

多年後我才發現，原來作者是琦君女士。啊，難怪，那些充滿情感的細膩描寫，人物的每個小動作……

琦君有情的文字，在我小小的心靈中種下了一個有情的人世。

魔鏡之二，國三的我聯考在即，卻在上課時偷看《臺北人》[2]被抓到。級任老師聯絡我父母，說小孩子看這種書不好吧？感謝我的父母開明，沒把這書搜來扔掉。它從此常踞在我的書架上，有晨鐘版，也有爾雅版，而且往後三十年我還是會經常拿出來翻翻。

仍記得初讀完之後我整個人恍惚了好幾天，雖然講的是落魄的達官貴人名流，可那也是我父母一輩從大陸來台的共同故事，外省人家破離散在台灣成為「台北人」，是時代的宿命，也是人性的縮影。作者白先勇是何許人也當時我並

2 《臺北人》，白先勇，一九七一。

不知，只感覺他的文字好極了，沒有我認不得的字，但每個字用在不同角色身上，卻能射出七彩的光……

有情人在無情的歷史更迭中失落無依，那樣的悲傷，照見了我最初的對「存在」的自覺。

魔鏡之三，高中的我在舊書攤上閒逛，看見那破舊灰藍書皮上的一行字：《慾望街車》[3]，我身不由己宛如被什麼聲音召喚，買下它裝進書包。

當年的我不懂什麼是舞台劇，更不知麼象徵主義與表現主義的，但我從閱讀中已累積出的一點敏感立刻告訴我，這個叫田納西·威廉斯的，是個不得了的作家。明明都只是一句句的台詞，我卻感覺如在讀詩；一個我沒去過的城市紐奧良，竟像是我早已熟悉的場景。

女主角白蘭琪，如一隻撲火的灰蛾，小巧的身軀卻投照出如此巨大的影子，她驚惶地努力地拍打著傷痕累累的雙翼，白粉自翼上掉落，飛散在原就已經讓人透不過氣來的稀薄空氣中。

謊言謊言謊言，漫天紛舞如粉屑的謊言，那樣搏命的拍翅迴旋，竟是為了要對自己誠實……人啊人，靈與肉不斷在內心中撕扯的動物，真相竟是你們最害怕的東西，所以你們要毀了一隻瘦小的蛾。

我要如何才能分辨，到底是這個世界瘋了，還是瘋狂的人其實是我？

原來有情的世界並不存在肉眼看得見的現實萬象中。

它是那麼精巧又那麼強悍，在歷史的洪流中，在貪婪自私恐懼孤獨中，結晶出它的剔透。

隨著年歲增長，一面面魔鏡不停變幻著光影，為我揭露了一層層人性的複雜。魔鏡裡的精靈慢慢成為我的形象。魔鏡裡的精靈總在我的耳邊娓娓傾吐，

3《慾望街車》（*A Streetcar Named Desire*，一九四七），田納西・威廉斯（Tennessee Williams）。

他／她的祕密。他們以如此多情之心，灌溉著荒蕪的人世。

透過了他們的字字句句，讓我驚訝，原來魔鏡的世界裡，沒有文字到不了的地方。

只問真實，不隨潮流

另一位也是獲得諾貝爾文學獎的美國女作家童妮．摩里森[1]，有一回在訪談中說道，現在年輕的一代知道的事情很多，但真正懂得的卻很少。

「舉例而言，」在普林斯頓大學英文系擔任教授的她繼續解釋：「如果我說，兩棵樹中間，繩索拉起的一個嬰兒搖籃，正在風裡輕輕搖晃，班上的年輕孩子立刻可以想像出那個畫面，但是，當我再接著問他們，那這個畫面給你們什麼樣的感覺呢？他們卻無法更深刻地去感受，更不用說以文字精準傳達了。」

1 童妮．摩里森（Toni Morrison）。

同樣也在大學裡教文學的我，很能理解她所指為何。譬如，有一回我放映湯瑪斯・曼名著《魂斷威尼斯》[2]改編的電影給學生看，本以為這部由維斯康提[3]導演，曾獲坎城金棕櫚大獎堪稱難得的文學改編佳作，會讓他們如醉如癡，並對男主角狄保嘉[4]可圈可點的演技大表驚豔。沒想到一位同學在發表感想的時候竟然說道：「片中那個老人看起來好討厭喔，樣子髒髒的。」

看過這部電影或讀過此書的，一定可以想像我當下無言的震驚吧？

或許不光是年輕的孩子，這年頭的人也越來越多已失去感受的能力。情感對大多數的人來說，要不就變成一種簡化的東西，如好萊塢的浪漫愛情劇，情人節的燭光晚餐；要不，就是成為一種無法承受的負擔，既怕壓力不能受，亦欠能力無法給。

這種現象亦反映在當代的小說上。太多技法聰明繁複、內容充滿譏諷批評、文字獨特銳利的作家，但是真正能教我們「動容」的作品卻越來越少。

我懷念初讀《臺北人》時的意猶未盡，曾經為史坦貝克《伊甸園東》[5]的廢寢忘食，甚至在後現代風潮襲捲人人都來搞後設與解構的年代，我偶然又重看福婁拜的《包法利夫人》[6]，竟感受到大學時草草讀過所不曾有的驚豔之感。反而是對於當時一度被台灣文學界捧上天的《生命中不能承受之輕》、《看不見的城市》、《如果在冬夜，一個旅人》[7]等，讀完後就是感覺「有趣」，還不到「動容」的地步。

2《魂斷威尼斯》（*Death in Venice*，一九一二），湯馬斯・曼（Tomas Mann）。
3 盧契諾・維斯康提（Luchino Visconti）。
4 狄保嘉（Dirk Bogarde）。
5《伊甸園東》（*East of Eden*，一九五二），史坦貝克（John Ernst Steinbeck, Jr.）。
6《包法利夫人》（*Madame Bovary*，一八五六），福婁拜（Gustave Flaubert）。
7《生命中不能承受之輕》（*The Unbearable Lightness of Being*，一九八四），米蘭・昆德拉（Milan Kundera）。《看不見的城市》（*Invisible Cities*，一九七二）；《如果在冬夜，一個旅人》（*If on a winter's night a traveler*，一九七九），伊塔羅・卡爾維諾（Italo Calvino）。

這種與文壇潮流相左的看法，其實也正考驗著我對創作最底層的信念與認知，我如何能不被炫技式的風潮所影響？

能夠想像《臺北人》一書也來後現代解構一下嗎？並不困難，只要在各故事之間加上另一個敘述者「我」，把白先勇先生的家族史也穿插其中，就打破虛構與真實了。當然這樣寫也未嘗不可，但是這個題材的書寫到頭來最讓人讚歎低迴之處，恐怕還是白先勇先生何以能有那樣的情懷與眼界，在時代的灰敗中看到了更赤裸的慾望，從人性傷口中看到了無法抹滅的激情澎湃。

是這樣的境界最難修練，那是作家「為何而寫」的最完整的答案。而非文字的表演。

後來在小說家王安憶復旦大學演講成書的《小說家的十三堂課》[8]中讀到這段話，我深有同感。她寫道：

在二十世紀開始之前和開始之初，藝術家是下苦力下死力的，而不是技巧性的。今天的藝術則是另闢蹊徑。就像扛一個東西，以前都是用力氣來扛的，後來發現了槓桿原理，學會了巧力。

但是我想對她的話再加上一點說明，在二十世紀初（或之前）的小說家，並非不注意技巧，可能那些作家的技巧比當今還更雕琢與繁複，但是因為終究無法成為一種「原理」，無法成為一種被複製模仿的「品牌」與「風格」，所以就被「寫實主義」一詞籠統包裹，丟進了傳統老派的閣樓。

福婁拜的《包法利夫人》中，技巧不是套用一兩個理論就能分析的。整本書以「包法利先生」起，以「包法利先生」結，藉此反更深化女主角的性格與心理轉折，這種技法何嘗不是後現代中所謂的一種拼貼與移植？而且，將《包

8《小說家的十三堂課》，王安憶，二〇〇三。

法利夫人》與福婁拜另一部傑作《情感教育》[9]相比，我們看不到他特別著重在一種福婁拜體的文字，像是「村上體」的文字調調，可以讓後學者輕易並大量模仿。也不見他的一種宣言式的美學一再重複，落入像是昆德拉刻意營造的一種反敘事，也許這在它的《笑忘書》與《生命中不能承受之輕》中已到達極至，後來的《身分》、《緩慢》[10]等就只見後繼無力了。

是因為先有了作家眼裡看到不一樣的真實，才出現不同的技法來傳達吧？但是常常這個道理被顛倒了。

在教創作研究所的十年間，我最常對學生耳提面命的一句話就是：「你的精神層次有多高，下筆就有多高。」換言之，模仿了某人的技法與文字，你其實就限制了自己看世事的方法，你已被植入了別人的價值觀生命觀感情觀的晶片。

一部傑出的作品在本質上絕對應該是挑戰它的時代的。重點是，做為小說家，要如何挑戰他的時代？

我個人所認為的關鍵，是在於創作者能否反庸俗。反抗庸俗的道德觀，庸俗的集體催眠，以及庸俗的品味。

如果從這裡，再重新返回思考王安憶所言之「巧力」，還有我在前面舉出的童妮·摩里森對感受力流失這件事的擔心，或許可以得出我自己對寫小說這件事的一點體悟。

面對我們這個時代在面對因為科技、因為媒體、因為商業……等種種操控下產生的扁平化與庸俗化的濫情及歇斯底里，要能真正敞開心胸去感受，恐怕是會教人害怕而蜷縮的。

寧願在看似精巧趣味的事物上著眼，避開了一切可能因曝露了自己真實

9《情感教育》（*Sentimental Education*，一八六九），福婁拜（Gustave Flaubert）。

10《笑忘書》（*The Book of Laughter and Forgetting*，一九七九）；《身分》（*Identity*，一九九八）；《緩慢》（*Slowness*，一九九五），米蘭·昆德拉（Milan Kundera）。

感受，而不幸被排擠被側目被貼上某種身分與標籤的危險。能夠擁有了一種被喜愛被接受的聲腔，好像在這充滿不確定與惶惑的洪流人世中有了一小塊踏腳石，何其值得慶幸。那動輒幾十萬的臉書連署聲援按讚，又是何其有效迅速地成全了創造改變時代的夢想，又何其輕易地讓這假想虛擬的數字大軍，在一般人心中形成了它們是道德倫理普世價值的同義詞。

這樣的普世價值，恐怕以一種較之上世紀更暴力的方式挑釁，或威脅著所謂的藝術心靈：你的感受太微不足道，你的痛苦與懷疑只因你沒有跟我們站在同一邊。要摧毀你個人這小小的聲音真是太輕而易舉，一個晚上我們就可以把你的信箱臉書部落格灌爆，一天之內我們的批鬥就可以轉寄聯結上萬次，你還敢不敢？敢不敢？

在小說創作中斷了好一段時日後，我在前幾年又再度提起筆了。只是因為，我想留下我這小小的聲音。

我常常想起《慾望街車》中白蘭琪的一段台詞：「我不要真實主義，我要魔術！我從不說真話，我說的謊話是真話本來應該有的樣子！」這段瘋言瘋語真是好大的氣魄！年過四十之後才真正了解田納西．威廉斯的意圖。他其實在說創作的可貴。

如果不能面對悲傷的真相，快樂其實都是假的。《夜行之子》完成後，我在書的扉頁留下了這句話。

我，沒有寫作風格，只有真實的感受。

文學的冒險家

文學世代之說，曾幾何時不再是從風潮思變的社會年份來劃定，而是轉向了作者的出生年份。沙特與卡繆，前者一九〇五年生，後者一九一三年生，放在今天就是兩個世代了，但他們卻同屬於存在主義的里程碑。維吉尼亞・伍爾芙與E・M・佛斯特，兩人出生只差了三年，前者卻已經一躍進入了意識流的書寫，後者則仍固守傳統寫實進行英國殖民帝國瓦解後的省思觀察，各吹各的調。

台灣文壇吹起的年級熱，始作俑者應該可歸於英美的文學雜誌。從一九九〇年代起，它們常會推出「四十歲以下的頂尖小說二十家」、「二十位最被期待的三十歲未滿小說家」之類的專題，頗有促銷效果。新秀的亮眼與不惑之年的實力累積，各自得到鼓勵與肯定，有助於創作與閱讀的持續保溫，而幾位上榜者也都能更上層樓，如莎娣．史密斯[1]、麥可．康寧漢[2]、麥可．謝朋[3]等。但回到文學創作之本身，究竟這些個體戶能否凝聚力量，開創人文新想像，才是最值得關注的。歲月不饒人，二十年忽焉而過，當年上榜者如今不復記憶的仍是多數。

---

1 《白牙》（*White Teeth*，二〇〇〇）；《論美》（*On Beauty*，二〇〇五）；《簽名買賣人》（*The Autograph Man*，二〇〇二）；《機巧的感覺：莎娣．史密斯論寫作及其他》（*Changing My Mind:Occasional Essays*，二〇一〇），莎娣．史密斯（Zadie Smith）。

2 《末世之家》（*A Home at the End of the World*，一九九〇）；《試驗年代》（*Specimen Days*，二〇〇五）；《時時刻刻》（*The Hours*，一九九八），麥可．康寧漢（Michael Cunningham）。

3 《那一年的神祕夏日》（*The Mysteries of Pittsburgh*，一九九八）；《卡瓦利與克雷的神奇冒險》（*The Amazing Adventures of Kavalier and Clay*，二〇〇〇）；《消逝的六芒星》（*The Yiddish Policemen's Union*，二〇〇七）；《漂泊紳士》（*Gentlemen of the Road*，二〇〇七），麥可．謝朋（Michael Chabon）。

我雖然從來搞不清楚，近年來許多小說獎出身的新銳到底是屬於什麼年份，但是因為從二〇〇〇到二〇一〇年間，我致力於創作研究所的教學，與七年級年輕具寫作熱情的學子接觸甚多，倒也想與他們多說兩句，我的感想。

•

話說二〇〇〇年因為當時的東華大學文學院院長楊牧的力邀，我從美國返台，投入了當時全華人世界第一家以創作為碩士論文的研究所創立。當時，這個研究所的全名為「創作與英美文學研究所」，簡稱「創英所」，把中文創作與英美文學綁在一起，堪稱絕無僅有。

而學生進來了才知道，絕大多時間上課讀的都是英美文學，一年級還要修整年沒有學分的英文閱讀課，到了二三年級許多課上的還是台灣尚無譯本的英文原文小說，學生們都讀得辛苦卻充實。一般二年半就拿得到的碩士學位，在這裡幾乎都要四年才能畢業。

當時主要負責這個所的規劃的還有系主任曾珍珍（她也是翻譯家），以及小說家李永平。讓同學多吸收英美甚至世界文學，是我們三人都具有的共識。這點絕非挾洋自重，而是我們認為文學創作就是建立在文字，一個寫作者就應當對語文有高度的興趣，尤其去發現共同的人性體察透過不同的語言文字會是如何的表達，當是非常有趣的驚喜。

我們當時的想法很單純，儘管外人看我們覺得霧裡看花。我們在花蓮的後山校區裡讀寫，師生關係親密融洽。每個學期，同學課堂上總會完成幾篇作品，有的就拿去投了文學獎，結果發生了我們自己都想不到的事。接下去連續多年，舉凡受人矚目的文學獎，東華創英所同學總是名列前茅，甚至還出現前三名包辦的情況，因此常有評審戲稱，要不要把東華創英所另分一類比賽。

但是，這時卻是我隱隱感到不安的開始，因為我曾經在創所之初，寫下一篇如同自我期許的文章〈文學版圖因此完整了一些〉[4]，裡頭我這樣寫道：

如果我們的文學教育本身沒有變化，又如何能期望在一成不變的系統下教出來的學生能帶給文化生態任何轉機？……在我們文學生態與文化產業環節中，有許多脫落的環節需要補上。文學創作所正是其中的一環，相信它的畢業生在未來也會陸續填補此刻的漏洞。我們不僅需要好的作家，更需要優秀的編輯與翻譯家、編劇與製作人、出版人、書店經營者與作家經紀人……

為日漸窄化的大學文學教育補強，希望在文學理論之外，藉創作教學培養出不同的文化人，改變已被排行榜與文學獎操控的文學品味，這是我一本的初衷。某方面來說，我們好像是做到了；但是，突然像被打上聚光燈似的，「東華創英所」一下子每年報考人數激增，我們開始超出負荷增加招收名額。我們在校內被看作是一群不跟其他系所「資源整合」的怪胎，受到側目與攻擊；在校外則被認為在製造品牌。過度受到「關注」的結果，加上與外系間不斷發生的紛擾，最後不得不在二〇一二年劃下句點。

倒真應驗了李永平在最初曾有的一句無心之言：「我們只要做十屆就好，讓大家知道我們能，就夠了。」

●

有人認為，七年級的作家與六年級最大的不同，是出身於學院者越來越多，而尤其又數從「東華創英所」畢業的這一群格外醒目。我來把這段始末托出，做為對七年級作家的一點提醒——

文壇也好，學院也好，都像是一部機器，要不被快速捲進它固定的運作裡很困難，但也可以很簡單。

4　〈文學版圖因此完整了一些〉，《書生》，郭強生，二〇〇三。

很多人只注意到「東華創英所」出了這麼多得獎人，但是或許沒注意到，很多得獎多次的同學都沒急著出書，因為我們告訴他／她們，一定要堅持作品出版時長成什麼樣子。有些則是不急著出手，快到畢業時或等畢業後才一舉拿下大獎的，因為我們教他／她們，只有自己最清楚這篇作品有沒有寫出自己心裡的真實，而不是評審。

此外，我們的畢業同學中，有的現在是成功的出版人，他把編輯出版當成另一種的創作。有的在寫作之外也成了封面與裝幀的設計好手，因為有誰會比他們更知道作家想要的是什麼？不少人也在從事翻譯，因為他們能讀原文並且寫作，特別翻得出原著的神韻。噢還有，因為加強了他們的英語能力，他們不少人去海外遊學打工，增加人生閱歷。更有成為環境保育講師的，正在練習駕船出海……

以前大家覺得我們在教出一個個作家，現在證明了，他們一直在寫，卻不見得只能出書跟得獎。

我如今可以很欣慰地說，不，作家這個身分太狹隘了，他們是「文學的冒險家」。

●

雖然「東華創英所」只有十屆，但對於我而言，如同完成了自己作品中的一部，永遠會有下一部。更要一提的是，曾經在這個後山的校園裡，不是作家在教學生，同學們也在教老師。那是一種感染，一種互動與交流。曾經來過東華的駐校作家，好幾位也因這駐校的一年時光，幫助他們完成了他們的重要作品。

施叔青女士在花蓮動筆她台灣三部曲中的《風前塵埃》[5]，前年再度請她

5《風前塵埃》，施叔青，二〇〇八。

專程從美返台參加研討會，她等不及放下行李就獨自漫步到文學院裡回味往昔。

陳雨航航叔擱筆三十多年後完成了《小鎮生活指南》[6]，逢人便說是花蓮一年讓他又有了提筆的欲望。而我自己，也在暫停小說創作十三年後，再度上路完成了《夜行之子》與《惑鄉之人》[7]。而且很湊巧，卻也像必然似地，同樣是創英所畢業的方梓，出版了《來去花蓮港》[8]，與《惑鄉之人》、《小鎮生活指南》、《風前塵埃》以及另一位東華創英所畢業的甘耀明正在進行中的長篇，我們都是以花蓮做為題材……

三十多歲時回國，來到花蓮，加入了這場打破學院體例的文學教育革新，與前輩楊牧、李永平、駐校作家施叔青、瘂弦、陳雨航、劉克襄、莊信正、馬森、羅智成……一起共事，我如今回想起來何其榮幸，也頗多感觸。

文學需要的不是專家，而是更多的冒險家，才能找出新的路子。曾經，東華創英所碩士論文採創作令人耳目一新，陸續出現的台文系／所關注台灣現代文學也吸引了年輕作家，只是，學院派當道很快地又出現了過盛的趨勢。七年級的作家在為出書與得獎與否興奮或失落，仍感嘆文壇資源不夠分配之際，如何不讓文學僵化，不讓自己在既有的遊戲規則中安適，恐怕才是接下來真正得要面臨的課題。

6《小鎮生活指南》，陳雨航，二〇一二。

7《夜行之子》（二〇一〇）；《惑鄉之人》（二〇一二），郭強生。

8《來去花蓮港》，方梓，二〇一二。

學會了一些事

近幾年無論是教文學閱讀還是創作，都感覺比十年前吃力了。我想，教理工或甚至社會科學類的老師都無法想像（這麼說絕對沒有不敬之意），要把一堂文學課上到精彩有多麼累人。

不說別的，這年頭告訴年輕人回家把一本《都柏林人》[1]（甚至再近代一點的，再平易近人一點的，《麥田捕手》[2]好了）自己先看完，然後在課堂上討論，最後一定是全場一片靜默，大眼瞪小眼。

如果以研究生為例，每堂課都是一週一本著作，三門課每週就有三本，他們都說讀不完。剛開始我還有點懷疑，後來才真的發現他們的閱讀能力在逐年下降，就算真的很用功讀完了，那些密密麻麻的英文字對他們來說，也可能如廢話連篇。

我才知道，我得一個章節一個章節帶領他們讀，一個句子一個句子教他們理解與欣賞。為什麼只是單純字與字的排列，這些偉大的作家能讓他們的文字如一道道打開密室的門，讓我們看到人究竟在苦些什麼？怕些什麼？相信什麼？又欲望著什麼？

我得像一個最好的演員一樣，把每位作家的文字藝術轉換成生動的人性獨白，希望學生從我的解說中聽到字面下更深沉的情緒，感染到熱情，也感染到悲傷。

1《都柏林人》（*The Dubliners*，一九六二），喬伊斯（James Joyce）。

2《麥田捕手》（*The Catcher in the Rye*，一九五一），沙林傑（J.D.Salinger）。

某位駐校作家曾經恰巧從我上課的教室外走過，事後告訴我，我上課的樣子跟平常判若兩人。怎麼說？我問他。你看起來好嚴肅，他說。

對他的形容我很滿意，因為文學當然是嚴肅的。

我其實大可以在課堂上聊聊我自己在寫的小說，或是把哪本文學可以歸類在哪種文學理論之下，做成一頁講義，這樣大家都輕鬆，他們寫報告容易抓到重點，我上課也不必如同乩童讓文學大師上身，搞得自己一身是傷。但是，如果是那樣的話，學生們以為文學到底是什麼呢？

或者，文學對我來說，又是什麼呢？

我總努力著要把腦中的活動用最好的文字形式表達。讓我折服的作家，他們的一支筆都是具有這種穿梭於抽象與實物間的魔法。

人的腦中一瞬間閃過多少念頭，有多少是廢料，又有多少連自己也不懂究竟在傳達些什麼。姑且稱之為意識的那個東西，無形無狀，卻神祕地形成了我們的人格，主導著我們的欲望，甚至改變了人類命運的走向。有文字可使用的人，究竟能否學會與這個意識對話，這是我在文學中看見最迷人、也最令人驚心動魄的一件事。

不管是剛逝世的馬奎斯留給我們的那一段開場，「許多年後，當邦迪亞上校面對行刑槍隊時，他便會想起他父親帶他去找冰塊的那個下午……」[3]還是湯顯祖在《牡丹亭》[4]中的兩句，「原來是姹紫嫣紅開遍，似這般都付與斷井頹垣……」可不都是對我們存在的渾沌，三言兩語劈出了一道縫，折射出了靈魂之光？

科學無法證明靈魂是什麼，但同樣是說著人話，怎麼有些人的語言就多出了這麼多靈性，開啟了眾人對世界的觸角、對生命的探索？反觀有些人，則連

3《百年孤寂》（*One Hundred Years of Solitude*，一九六七），賈西亞．馬奎斯（Gabriel García Márquez）。

4《牡丹亭》，湯顯組，一五九八。

自己到底想要說什麼都表達不清，給他語言與文字真是暴殄天物。

就算不談自己多麼期望也能創作出這樣的文字，文學對我最大的影響，也許就在於懂得了不可浪費了這份上天的禮物。要下筆時，要開口前，總會提醒自己要盡可能貼近自己真正的想法與情感。

我一直沒有臉書，大概也是因為這個原因。

一般人po個三、五句話很方便，但若只准我用這麼精簡的方式，可能會耗掉我好幾個小時。我以為愈是簡短，愈是需要準確。口語倒還不必字斟句酌，但好歹我也是個念文學又寫作的人，臉書在我眼裡就是個發表的園地，即興的文字為何要公諸於世？我一直無法說服自己。

然而，短短十年間，從網路剛剛普及已經演變到手機上網臉書推特LINE不斷地衍生，作家可以在臉書上不停貼文回應，等候自己的粉絲團何時破五千破一萬。文學的網路社團越來越熱鬧，現在是作家為臉書服務的年代，臉書上的貼文可以成書，上臉書與大家互動的作家才讓讀者覺得「很真實」、「很平易近人」，才會想來閱讀他們的作品。

天啊，那些已經過世百年或更久的作家該怎麼辦？他們永遠不可能上網打卡或po照。我心裡不免會這麼疑惑而擔憂著。

後來，我才發現這並不需要擔心。

總還是會有和我一樣的傻子，永遠在尋找下一本讓他／她感動的文學作品。這種人不需要多，但如果每一個世代都能有這一小群人的存在，一本文學名著就能繼續流傳。重點不在某一時代中的數量多寡，而是持續地在每個時代，都有人被那部作品感動。

我總對有志創作的學生這麼說，這個社會上沒有一個位子叫作家，都是因為寫出了什麼，才得到了這個位子。

這也是「這一行」最辛苦的地方。每年市場上不會出現一百個作家職缺等大家去應徵。因為知道還有這麼多的學生連對經典名著都陌生，我的作品如果遭到讀者冷漠的對待，我也沒什麼好憤慨的。我至今還在為能否成為自己心目中值得被尊敬的作家而努力。

這麼說吧，就算在文學最鼎盛的黃金年代，自己寫出的作品就一定洛陽紙貴嗎？當然不是。如果為了作品能夠暢銷，臉書.ig推特直播全年無休，我願意做嗎？太累了，我也不會做。好了，那我還有什麼選擇？就剩下寫與不寫而已。

在這樣的情況下，能夠寫出作品已經是很開心的事。如果很幸運地，這部作品有感動到「一小群人」，那已經是賺到了。但是會更讓我歡喜的是，十年後、二十年後，還是會有這一小群人存在，而他們的工作可能是廚師，是醫生，演員或者馬戲團小丑。因為我和他們都知道，想要帶給人們一點希望，一點勇氣或驚喜，是多麼困難但值得的事。

我從文學中學會的另外重要一課，就是人生中「值得」的事還真不多。

從文學獎中，我看見……

一場神祕的儀式

文學獎的稿子送到手上，明知十幾萬的小字可能又要讓自己眼痠頸僵，但是每一次拆封時，手上捧著那一疊決審入選作品，我一樣不改興奮與迫不及待的心情。

像是收到了一份禮物。

哪一篇作品，這次會讓我在擁擠卻又冰冷的地球上又有了「那人卻在燈火闌珊處」的會心歡喜？同時想到這批作品是從三、四百篇投稿中，經過初複審嚴格的討論與淘汰而終於過關斬將到了這一關，哪能讓我不心生等待禮物揭曉的好奇難耐？

比起諸多其他的文字閱讀，「決審入圍作品」總有強大的召喚力讓我欣然走進這場化裝舞會。（匿名的，好刺激……）

但不論是興沖沖或是悠悠哉，都不是一個評審應該有的情緒。過度的期待會讓人變得嚴苛而不免失望，太輕鬆又會讓人變得遲鈍而善心大發（是真實故事嗎好可憐……這麼費心雕琢好渴望得獎唉也算有用心……）。要等到整個身心狀況優良的那一日，沒有任何雜務，神清氣爽，把沙發椅墊調整到最舒適的角度，把燈光開到足夠的強度，取下眼鏡（這就叫老花），裸眼赤心地，進入審稿狀態……

翻過最後一篇作品的最後一頁，審稿工作結束。

總是心情起伏激動到不能入睡，床上翻來覆去一陣又回到桌前扭開燈，把自己看中（看重）的幾篇又翻一遍。接下來一周時間，不時就在心裡模擬著，到了決審大會當天，在其他「業界高手」的眾委員面前要如何發言為這幾篇拉票。

習慣上，做完了這些手續，我在決審會議前一周就不再碰那些稿子，直到前一天晚上才再拿出來讀一遍，以防自己真的萬一看走了眼，隔了一周突然發現物是人非（好在這種情形我至今還沒遇到過）。然後次日，來到決審會議現場，第一輪投票，開票，開始委員們發言（其實更像是攻防），我手中的一支筆開始匆忙做筆記，準備下一次的發言：不是不是，你們沒有看出來其實作者在這裡想要說的是……

發言節制理性，沒有協商交換，三輪投不出結果就投第四輪，沒有話說。自己再怎麼不捨其中某篇，最後一定會尊重多數決，沒有人掀桌說不玩了。雖然多數決不是完美的法則，但是因為過程透明公開，委員們的發言與投票紀錄都會被檢驗，所以，在宣布首獎得獎者是……的那一刻，至少我會很驕傲地鼓掌，為得獎者也為自己——我們都打了漂亮的一仗。

而我為什麼在這裡不談作品，而要解說我的工作過程呢？因為對我來說，這個過程具有一種儀式性。

文學——不管創作、閱讀或評論——就是信者恆信的一種神祕儀式啊！

決審不是在分配獎金與名次，他們更重要的工作是應證了這樣的儀式經驗。幾個人坐在這裡，向文學的複雜性與完美的可能，坦露出自己類似虔誠的純粹與堅持。只是有時候他們的身分是評審，而絕大多數的時候，他們都只是認真的讀者而已。

即使沒有形式上的一場評審討論，文學創作與閱讀的神祕儀式仍然時時刻刻在進行中，這也就是為什麼我們還在讀珍．奧斯汀[1]與卡夫卡[2]，為什麼讀完之後我們總有那麼多話想要說，企圖把想說的話能說得有道理，更藉此希望聽到別人又是什麼看法。

我想，這也是為什麼，還有那麼多的人仍想要創作文學的道理就在此。那麼，讓一切就從相信開始吧。心誠則靈，寫作也是。

你。我

這麼多文學獎中，好像只有已停辦的《聯合文學》「小說新人獎」最後還會讓每位評審都出來謝個幕，寫下除了評審會議紀錄之外的最後發言。

這真是個難得設計，在這個就連評審紀錄都因版面擁擠而力求簡略或乾脆省略的年代。

會議紀錄中出現的唇槍舌劍，即便逐字無誤，老實說，仍然無法呈現委員

---

1 珍．奧斯汀（Jan Austin）。

2 卡夫卡（Franz Kafka）。

們在投下最後一票時的一念之間。

如果沒有那一念之間，那其實就大可以量化列表統計來一決高下。現在大學裡的論文評鑑計點不就是如此？研究計劃的審核方式不就是以項目分類，如創新程度、可行程度、影響程度等等，最後計算總分決定通過與否？

感謝老天，文學獎評審不是以這樣的思維在進行，委員們不必因意見不同而口出惡言，因為，我們都了解，那一念之間根本無所謂公正客觀的偏執，其實就是文學的美好。

文學就是要打動你能打動的人而已。那些人是誰？他們在哪裡？沒有人知道。但無形中就開始有一條隱形的線在人間悄悄串起，我們的遭遇。

文學是一場遭遇，遭遇之不可預期，就是讓我一直樂於閱讀與創作的原因。一篇打動我的作品，總是因為它讓我遇見了我睽違的自己。這是我對我個人的「一念之間」所能做的最接近的描述。

所以也或許可以反過來說，每次決選過程中未能獲得任何支持的作品，也許它就是少了那種除了字句意義外，更深一層的遭遇意義的創造。對我而言，好的文學作品總能啟動我已經快荒廢的某些理解方式，像是從某扇原本蒙塵如今又被拭亮的窗子朝屋裡張望，我看到自己在那屋裡。這樣的作品於是給了我一個我之所以存在的空間。

我心存感謝，對於這樣的作品。

所以請不要再捧著會議紀錄如福爾摩斯辦案，努力想找出獲獎的關鍵線索。正因每個評審都有屬於自己的一念之間，才相對地每位可以繼續享受各自揮灑的一片天。

我想對在過去幾年間，我在不同的文學獎評審中曾投過一票的作品主人說，能不能為像我這樣的讀者繼續寫？我或許早就不記得你的名次了，但是我記得你的作品，我永遠記得在你的作品中我曾與你，與自己，與世界的相遇。

而同樣也是創作者的我，最後想對我曾經支持過的作品它們的作者說，你們已經是我可敬的對手。

自然就好

近幾年的文學獎參賽作品中，不乏來自大陸與香港的小說屢獲佳績，反觀台灣作者的作品，論文字論技法絕對也到達水準之上，但是讀來就覺得作者患得患失，下筆綁手綁腳。

就像我在研究所教文學批評時，開出讓同學報告的書單讓他們苦惱，因為「作品太新了，找不到資料。」我第一次聽到他們這樣的理由時大驚失色：「你們讀完這部作品，難道不會有自己的感想？一定要有現成的觀點，你們才讀得出所以然嗎？」沒想到文學研究生的困擾，現在也反映在了新一代的文學創作上。

做批評的研究生（有的還是教授喔），最後淪為天下資料一大抄，找不到有創意的新題目。而寫作者也上窮碧落下黃泉，把得獎題材摸得熟透，把書寫策略訂得雪亮，就差沒寫在扉頁標明「疾病書寫」、「家族書寫」、「身體書寫」、「性別書寫」。

生活這麼大的一個靈感池淵，應該隨處都是活生生的題材，結果發現在進入決選的作品中，多是已標本化的展示品。我以前總期望年輕新手寫出他們這一代生命的趣味或想法，讓我們這些老人耳目一新。但這些年我開始不再這樣奢望，太多作品只是憑著閱讀建構出的文本，特殊效果很多，但情感的層次不夠分明，人性的變化也嫌單調。

人物自然，文字自然，情感自然，想寫什麼就寫下去。需要擔心寫殯儀館就會讓人想到《送行者》嗎？寫老木材店就是舊寫實主義嗎？是人在寫小說，你是不一樣的人，就算寫到相同的題材也能出現不一樣的面貌。

在當今如此容易被暗示或制約的創作風氣下，很多屬於台灣的可開發的題材，不知為何就被「聰明」的寫作者過濾掉了。寫外勞，好像會被評審打入政治正確，還是算了吧！寫同志，好像風潮已過，是不是已出現反制的聲音？還是算了吧！寫社會運動，恐會被說成消費新聞事件，還是算了吧！……

這些多餘念頭絕對會出現在許多參加文學獎的作者腦中。

我只能說，想太多。

沒有應不應該寫的題材，那些被打入政治正確的，只是因為寫得不夠好，除了政治正確沒有可取之處。寫同志的，是否還在因循一種聲腔，寫來寫去還在肉體與情慾的流浪？寫外勞或新住民，是否只訴諸了社會正義口號，而沒有真正讓讀者瞭解到這些人的心境？寫時事，是否都只沾到新聞口水，就像新聞報導已經很偷懶地播放Youtube以及行車紀錄器畫面，沒有真正的採訪？

台灣文學可以汲獲的養分其實非常豐腴，因為在這麼小的島上，我們容納了比絕大多數國家更多元的族群以及歷史，而且是每天都在彼此互動交涉中。

不像在美國，有些城市中的人一輩子也看不到一個黃面孔與原住民，對同志一味打壓，對深皮膚仍難改歧視。在台灣，一般庶民卻對以上這些多元性都不陌生，而且都在身體力行出一套共存和諧的新文化。這些，原就是台灣文學底層的活力啊！

曾經，在這個島上有過很長一段時間的迷思，以為只要把國際上流行的東西搬進台灣，台灣就國際化了。能學得來卡爾維諾、村上春樹與昆德拉，台灣作家也有國際視野了。但是文學不是應該思考觀察以至凝聚社會中的文化價值嗎？沒有任何一個國外作家的文體與情感方式，可以幫我們找到屬於我們自己的題材。題材永遠都在身邊。台灣社會這幾年與二十年前已經大不相同，為什麼獨獨在文學獎中還一直看到九〇年代的迷思不散？

國際文壇不缺一個他們某個大師的仿冒，他們缺的是讓他們看見台灣人如何生活的作品。

寫給自己的幻想家族史

外省第二代，不管你對這個名詞有什麼樣先入為主的觀念，它所指涉的一群人或一種族群文化，在可預見的未來三十年後，勢必將從台灣、甚至華人的世界中成為模糊的記憶。即使一九六〇年代後才出生的一輩，屆時都已是八十古稀，而我們的父輩為何飄泊渡海來台，在下一代的教科書上會如何被記載不得而知。

歷史總是這樣的，每一個百年後的「當代」，都會重新清理出一條適用於現實的道路。也不過是光緒年間，一八九二年的台灣通誌所做的人口普查，當時全台居民共才 2,545,731 人，再回溯上一個百年，一八一一年時的人口已比起一六八三年的統計，在短短一二八年間增加了約十倍（參考鍾孝上著，《台灣先民奮鬥史》上冊），顯而易見中國大陸渡海移民的人數在其中所扮演的角色。兩個百年後，這些移民早已經重寫了台灣的歷史與人文面貌，成為了正港的台灣人。除非，我們還要繼續標示所謂的外省第三代、外省第四代，第五代……，到了二〇五〇年，台灣應該將不再有外省第二代所遺留下的太多痕跡。

「外省第二代」是一個特殊的歷史產物，我躬逢其盛成為其中一員。在族群多元的意識抬頭後，對這個在台灣近代史中即將消失的一群，出現了一種被簡化了的保存或肯定意圖。某位作家贈我她新出的短篇小說集，不知為何最後又補上一句：「我這裡頭也有寫到外省人，關於眷村的故事，你應該會比較有感覺。」

我尷尬地哈哈一笑：「可是我對眷村一點也不了解。」沒錯啊，我沒住過一天眷村，最早有記憶的老家，左鄰右舍都是所謂本省家庭，每天總聽到隔壁收音機一整天播放著極富東洋味的台語歌，父母都在工作，照顧我的女傭也都是本省籍，我跟著她們看電視上的歌仔戲布袋戲，學唱台語歌，父母親的工作也跟眷村一點也搭不上邊。在多元文化的時代，族繁不及備載，外省文化與眷村文化打包成一綑，比較不占地方。

●

怎麼能不尷尬？成長過程中，我的身邊沒有與自己相似的外省第二代。

外公是留英的經濟學教授，父親是留學西班牙的美術系教授，母親是小說家，從小的環境裡，西方的影響可能比中國還要多一些。再加上母親是獨生女，父親當年隻身來台，我從小過的是沒有親戚串門子的生活，只見過父母一些可稱為「同鄉」的朋友。在我四十歲之前，我從沒發現這一切有什麼奇怪。

四十歲以後，我才意識到，我的人生裡有一塊「空」。不是空洞或空虛的空，並非一種原來應該有東西在那裡卻發現不在了的失落。我是根本不知道，那裡原來應該有什麼。

我的父母都沒有再回過老家，這在外省族群裡大概也不多見，所以我當然對我的外省故鄉沒任何印象或認識。台灣是我的真正故鄉，但是在這片土地上我也一直是獨來獨往，連那種眷村的源頭都沒有。我尋找的當然不是那種用鄉土或國族符號就能取代的根。應該說，是那種自己為何存在的一種生命圖像。這也許對日常生活來說沒有影響，但對寫作的人來說，可能因此失去了一種平衡感，像被剪了鬍鬚的貓那樣。

年輕時會開始大量閱讀文學的原因，就是想要尋找跟自己生命脈絡接近的前人書寫。後來會熱愛上戲劇，也是由於在諸文類當中，它是最容易跨越地緣與歷史的。

在面對伊底帕斯王或是哈姆雷特的時候，我不會有老外想吟誦唐詩三百首那樣的格格不入，因為戲劇已經用「表演性」質疑了與破解了所有的「文化」加諸在我們身上的姿態，它呈現的是心理的曲折，個人與不可見的種種權力運作間的角力過程。即使是寫實劇，本質上它還是偏向抽象的，更像詩，整齣劇表現的是一種概念，一種美學。

「劇場」對熱愛表演藝術的人來說，比真正的家更像「家」。他們活在人性的赤裸激情中，隨時轉換角色，身分是流動的，開放的。我出國留學會選擇了研究戲劇，原因或許在此。

但，那畢竟是在詮釋、演出與研究他人的劇本，就算是演出自己創作的劇本，聽著演員念出原本在我心中的句子，總還是會覺得隔了一層什麼。劇場到頭來還是一門綜合的藝術，連我的劇本已經精簡到只有三個角色了，我還是會覺得太複雜了，從服裝燈光到音效等等等，有太多我無法親力掌控的部分。

四十五歲之後，人變得比以前更孤僻了（我到現在仍沒有臉書），渴望能回到一種只需跟自己千奇百怪的想法遊戲就好的孤獨狀態。

●

回到小說，應該是最符合我心境的去處；在小說中，小說家是掌控一切的神。

十餘年早已流光偷換，張望一番，各種題材皆已無禁忌可言，但每種題材的書寫卻又都貌似如同近親繁殖，哪些是後殖民加上女性主義，哪些是家族書寫加上情慾性別，又或是本土與生態、幻奇與族群……都這麼容易辨視。重新提筆，先想玩的就是跨類型，於是寫出了《夜行之子》。

混合了一點推理，一點歌德式驚悚，把同志小說從已成刻板的迷離耽溺華麗的喃喃文字中拉出，以紐約世貿大樓與台北一〇一做為遙相呼應的場景，然後……然後沒想到，這一拉出，便跌進了自己身為外省第二代如何書寫台灣的問題。世貿大樓與台北一〇一。全球與本土。邊緣與中心。身分與認同。《夜行之子》都已完稿，我才發現整本小說原來都是在這樣的魅影重重包圍之下。

我意識到現在的我不管寫什麼題材，背後都有一種除魅的欲望在驅使。小說與戲劇最大的不同，後者驅魔除魅還可借力於觀眾臨場的磁力發酵。小說家除魅得全靠自己來。文學創作還能發揮對當前、甚或未來重新想像的可能嗎？能夠介入歷史，至少為自己的存在找到根源嗎？我自問。

家族史小說當道，對於我這個沒有家族記憶的人來說，非常羨幕那些有本省幾代家族做為素材的作家。但是且慢，當我開始閱讀同輩中人筆下的台灣家族故事，我發現他們真實的經驗來源未嘗不是他們的另一種包袱。小說不再是小說，反像是為家族平反或宣傳的文獻資料。我甚至也質疑，曾幾何時，小說家要依自己的血統證書來為自己的「故事」背書？就算是本省家族之後，他們也只是「聽說」或「旁觀」了一段過往，加上了自己的一些想像與同理心。而我，去掉中間留美的時間，四十多年生活於本地，從麵攤阿嬤到校長，從同學到厝邊，這些人事物的經驗可提供小說家發揮的養分綽綽有餘。小說家的特長不就是觀察加想像？

唯一不同的是，我沒有本土證照而已。就算有又如何？寫自己「出身」的族群歷史，容易成為那些歷史幽靈的傳聲筒，傳達了他們的版本彷彿就大功告成。以當代眼光提出新的版本，恐怕才是小說家的任務，否則有歷史教科書就足夠，無需小說家依樣多畫一個葫蘆。問題便在於，小說家所站的位子究竟在哪裡？

不是站在中心的人才看得見全貌。

我突然理解到，我外省第二代的身分，活在台灣這片土地上，應該有另一種迥然於以往公告式的鄉土感才是。對於台灣從日據統治到今日的變化，如果可以提出不同面相的描繪，豈不也是追尋真相的一種方式？

多元是什麼？是既定的排排站、還是可以玩玩大風吹？

如果非得有親身經歷與情感道德政治信仰的認同之後才能寫小說，小說這門技藝應該早已死亡。在小說這個文類所賦予創作者的虛構與想像特權下，我第一次企圖給自己創造出屬於我的台灣故事。如果我沒有一部能以血緣或地緣連結的家族記憶，那至少我可以在文學中創造出一個時代與一群人，代表我生活在台灣四十多年的經驗與情感。

於是，我大膽開始了我寫小說以來最有趣的一場冒險。在《惑鄉之人》這本橫跨七十年，涉及中國大陸、日本、美國與台灣四地的小說中，角色包括了灣生日本人，台籍日本兵，外省老榮民，日裔美籍的電影研究學者，日據時代台籍富家子，甚至還有李香蘭。貫穿這個不同時空的，是一部在一九七〇年代未拍攝完成的日台合作電影。在寫真的時空背景中，我虛構了一個關於尋找的故事。每個角色對我而言都如此熟悉，彷彿他們是陪我一同見證了台灣二戰後變化的另類家族。

在沒有休假的狀況下，除了教學與國科會計劃，中間還去了香港浸會大學國際作家工作坊訪問一個半月，如此不得喘息的時間擠壓下，我竟能完成了生平第一本長篇小說，沒有超乎尋常的動力是不可能達成這個目標的。寫作時一鼓作氣，稿子從台北搬到香港，從香港搬到了花蓮，用了一年的時間。只能說，這是我醞釀在心裡太久的一個欲望，到了不能不寫的地步。
因為，那個「空」必須要去面對，而我唯一的方式只有回到創作。
外省第二代對台灣這片土地是有想法的，我慶幸還能藉由文學發聲。

part II

文字可驅魔、可召魂、亦可昇華寬恕

無法預知的漂泊紀事

讀到《異鄉客》[1]這本馬奎斯出版於一九九二年的短篇小說集中譯本，他的序言成了全書第一個驚喜。

馬奎斯清楚交代了這十二篇小說創作過程的來龍去脈，起源得遠溯至一九七〇年代，他人在巴塞隆納某晚所做的一個夢。（接下來的過程真可謂曲折離奇，幾乎可以當作另一篇魔幻小說閱讀！）

但是真正讓我心底發出一聲「啊哈！」的原因，是之前從沒關注過馬奎斯

1 《異鄉客》（*Doce cuentos peregrinos*，一九九二），賈西亞．馬奎斯（Gabriel García Márquez）。

生平的我，一直以為《百年孤寂》是他回到哥倫比亞故鄉完成的，原來他那時定居在墨西哥。而《百年孤寂》出版後沒多久，他就搬去了巴塞隆納，在那裡住了五年，又再回到墨西哥。

很長一段時間，馬奎斯人都在國外。從完成《百年孤寂》（一九六七）到獲得諾貝爾獎（一九八二）的那十幾年間，他究竟在忙什麼？第一次我彷彿有了另一種切入的角度。

榮獲諾貝爾文學獎，原本只有在西班牙語系較有知名度的他，一下子成了國際文壇的明星與暢銷作家，甚至成了「魔幻寫實」的一代宗師——即使這個文學手法在拉丁美洲早已有其悠久傳統，並非由他首創。

但是《百年孤寂》讓「魔幻寫實」火紅起來確是不爭的事實，尤其對華文小說的影響甚鉅，從大陸的莫言到我們台灣的駱以軍，比比皆是。前者還因此也拿下了一座諾貝爾文學獎，後者更不諱言曾虔敬如抄經般把《百年孤寂》一章章手寫於紙上。

馬奎斯是記者出身，這點與另一位諾貝爾文學獎得主海明威相似，所以我們在讀馬奎斯一九六二年的《沒人寫信給上校》[2]時，很難不去注意到，還是小說新人的馬奎斯如何在承襲（模仿？）海明威的新聞電報體，成功地發揚了海明威的「小說冰山理論」。

《百年孤寂》問世後，各方反應都十分熱烈。馬奎斯日後自己都曾公開表示，另一位也是諾貝爾文學獎得主的美國小說家威廉・福克納是他的寫作導師，早期受其影響甚深。馬奎斯在《百年孤寂》中虛構了一個小鎮馬康多，福克納筆下多本小說的場景約克納帕塔法郡（Yoknapatawpha）同樣也是小說家的虛構，評論者經常將二者相提並論。

2《沒人寫信給上校》（*El coronel no tiene quien le escribe*，一九六一），賈西亞・馬奎斯（Gabriel García Márquez）。

沒有人會認為海明威與福克納的作品有共通之處，除了他們都是美國作家。馬奎斯卻能集兩者大成而另起爐灶，除了有慧根之外更可以見識到他的用功。福克納一九五〇年獲諾貝爾文學獎四年後，即換成海明威奪下桂冠。一九六二年則又是美國作家史坦貝克拿下該獎。

那幾年美國文學真是風光，馬奎斯的文風也顯然受到了這些得獎作家的影響。到頭來，我們反而沒太聽說哥倫比亞籍的他，除了與阿爾瓦羅・穆蒂斯[3]有較密切的來往之外，他與母國文壇有太多的淵源與互動。

原來那中間的十幾年，他一直繼續在歐洲遊蕩，一直在思索嘗試小說創作的下一步該怎麼走。似乎可以合理懷疑，他當時的重心是放在如何打入歐洲市場，所以我們才會看到這本原名「十二個朝聖者故事」（即《異鄉客》）的諸篇小說，竟然出現了各種不同的風格面貌，有費里尼的黑色怪誕，狄西嘉的嘲諷批判，有布紐爾式的超現實，甚至還有希區考克式的懸疑，這是第二個驚喜。

從原本在小學生作業簿上記下的六十四個故事材料，到最後失散的失散、銷毀的銷毀、拿去拍電影的拍電影、胎死腹中的胎死腹中……流轉二十多年後，只剩下了這十二篇。

平心而論，這十二篇並非篇篇傑作，有幾篇甚至仍讀來像草稿而非成品。特別引起我注意的，是他招牌的「魔幻寫實」只占其中一篇，這篇〈燈光就像水流〉反而是相形失色的小品。似乎他無心再經營此類路數？

但是不論是書中屬上乘的〈一路順風，總統先生〉、〈瑪莉亞〉，〈聖女〉，還是相對屬牛刀小試的〈睡美人的飛行〉、〈賣夢人〉，馬奎斯的小說技巧仍是範本等級，不時信手幾筆的細節掌握仍教人讚嘆。對於馬奎斯迷來說，不僅不該因為這本書與《百年孤寂》大異其趣而失望，反而更應該感謝大師不因自己已是殿堂等級，而仍願意分享了這十二個「朝聖者」故事，讓世人看到他也曾

3 阿爾瓦羅．穆蒂斯（Álvaro Mutis Jaramillo）。

經如朝聖者般跌跌撞撞，企圖再探自己創作改變可能的契機。

這十二篇故事的電影感都非常強烈，或許可看作他在一九七〇年代嘗試的新方向。寫完讓他精疲力竭的《百年孤寂》，會想轉向短篇讓自己喘息，或許是一般人的認知，殊不知，短篇才是馬奎斯的新挑戰。

他在序言中便如此寫道：「寫短篇故事太過耗費心力，不輸寫長篇小說。寫一部長篇小說，必須在第一段全部確定完畢……接下來只須享受寫作的樂趣。……相反地，短篇小說沒有開頭也沒有結尾：只有寫不寫得出來。」

大師坦承改寫短篇小說並不順遂，可以給很多以為寫長篇比寫短篇厲害的讀者一種棒喝思考：這是敘述美學的兩種不同操練，不是字數多少的差別喔！

至於《愛在瘟疫蔓延時》、《迷宮中的將軍》[4]……那都是在得諾貝爾獎之後了。

在這兩部長篇中，馬奎斯彷彿承擔著眾人對《百年孤寂》續篇的期望，重回拉丁美洲與魔幻寫實的文學傳統，不會看到他在《異鄉客》這十二篇故事中的實驗走跳，甚至表達了在歐洲漂泊的一種淡淡哀愁與迷惘。如果《百年孤寂》出版後曇花一現，並沒有在十幾年後贏得了諾貝爾文學獎，他之後的小說題材與風格又會是什麼樣貌呢？

《異鄉客》裡每篇故事的主角，都是離鄉背井的漂流者，都如同小說家本人有著自己要完成的朝聖之路。我最喜歡的那篇〈瑪莉亞〉，甚至被我私下當作也許是馬奎斯對自己那段恓惶人生的投射寫照：一位年老的妓女得到感應，自己將不久於人世，於是費心竭力為自己的後事安排好一切，包括訓練相依為命的愛犬日後為她哭墓，結果沒想到她感應到的死亡只是她的錯誤詮釋，小說

4 《愛在瘟疫蔓延時》（*El Amor En Los Tiempos Del Colera*，一九八五）；《迷宮中的將軍》（*El general en su laberinto*，一九八九），賈西亞・馬奎斯（Gabriel García Márquez）。

最後來了一個荒謬卻又讓人驚喜的翻轉——

馬奎斯的《預知死亡紀事》完成於諾貝爾獲獎的前一年，而在此之前，長達十多年間只有出版了一本《獨裁者的秋天》[5]。看來當年的他跟他筆下的瑪莉亞一樣，要等朝聖歸來，才終於明白了老天爺所給預示。

5《預知死亡紀事》（*Crónica de una muerte anunciada*，一九八一）；《獨裁者的秋天》（*The Autumn of the Patriarch*，一九七五），賈西亞·馬奎斯（Gabriel García Márquez）。

張愛玲的英文小說之謎

張愛玲在美國的生活神祕低調，未獲美國出版商青睞的英文小說究竟有幾部？是根本沒有完成呢？還是手稿已毀？連張愛玲自己的說法也常撲朔迷離。張在美國一直以翻譯《海上花列傳》[1]的計劃，四處申請到大學駐校作家或研究補助的工作，一直到了一九八三年底，與她交情深厚、曾在香港擔任美國新聞處處長而給予張許多幫助的麥卡錫[2]收到張的道歉來信，《海上花列傳》英譯

1 《海上花列傳》，韓邦慶，約一八九〇。

2 麥卡錫（Richard McCarthy）。

稿因種種原因仍延誤。但一九八五年張愛玲卻向美國警方報案遭竊，失物中包括了《海上花列傳》的英譯稿。而在張逝世後，遺物中卻出現了這部譯稿。

二〇〇五年，經過了翻譯家孔慧怡三年的修潤，這部不太完美的譯作終於出版問世。究竟遺物中這部譯稿就是唯一的版本？還是說有另一部版本果真失竊？張迷們不願、也不忍再計較。

「張學」興盛，擁護者代理者評論者業者讀者七嘴八舌，卻仍多圍繞著張愛玲的上海、香港時期，以及與胡蘭成的關係打轉；相對地，張愛玲後半生在美四十年像是一團謎。但問題是：如果當年張愛玲不是因為先以英文完成的《秧歌》[3]在美出版評價不惡，她怎麼會決定赴美放棄中文創作？這位重要的中文小說家人生的一大逆轉，關鍵點就在此——張愛玲與她的英文小說。

返溯張愛玲離港的一九五五年，若說當年美國文壇對中國題材不重視那是與事實不符的。如果美國文化藝術界近一波的「中國熱」是在一九九〇到二〇〇五年間，那上一波就是在一九五五到一九六五越戰爆發前。當時林語堂在美仍是家喻戶曉，而有比利時血統的華裔女作家韓素音[4]也初嶄露頭角，一九五五年她的小說《生死戀》[5]暢銷被好萊塢改編搬上銀幕，由威廉赫頓、珍妮佛瓊絲兩大巨星主演，主題曲至今仍被傳唱。黎錦揚這位也是雙語的華裔作家在一九五七年出版了小說《花鼓歌》[6]，也是一出版便洛陽紙貴，立刻便被百老匯《真善美》[7]的製作團對相中，成為百老匯史上唯一一齣全由亞裔演員擔綱的音樂劇。此劇的成功亦讓《花鼓歌》登上了大銀幕，女主角便是演出《蘇絲黃的世界》[8]的關家倩。

在那十年之間，中國題材備出，好萊塢趨之若鶩，如果我們再算上《櫻花

3《秧歌》（*The Rice-Sprout Song*，一九五五），張愛玲（Eileen Chang）。

4 韓素音（Suyin Han）。

5《生死戀》（*A Many-Splendored Thing*，一九五二），韓素音（Suyin Han）。

6《花鼓歌》（*A Flower Drum Song*，一九五七），黎錦揚（C. Y. Lee）。

7 *The Sound of Music*，一九五九：舞台劇；一九六五：電影。

8 *The World of Suzie Wong*，一九五七：電影。

戀》[9]《秋月茶室》[10]、《國王與我》[11]這些東方題材的賣座影片，張愛玲初抵美國的頭十年間，大環境對她其實是十分有利的。

但是也許有人會說，我們的張愛玲是不可能寫那些商業題材的。但是不要忘了，在美出版不順遂，她一直是靠幫「電懋」寫電影劇本維持家計。聰明如張愛玲，豈會看不出美國人要什麼樣的題材？她的美國夢究竟是想要寫一部像《京華煙雲》[12]的巨著？還是一部像《花鼓歌》可名利雙收的小說？無論她最初的夢想為何，她都失望了。

●

張愛玲在一九五二年離開中共統治的大陸來到香港，接受了前面提到的麥卡錫的幫助，一方面為美國新聞處翻譯了愛默生、海明威的作品，一方面也開始了《秧歌》與《赤地之戀》[13]這兩部後來被人貼上「反共小說」標籤的小說。

怎麼會有這兩部作品的寫作計劃，至今仍是各說各話的公案。

高全之先生特別在後來向麥卡錫求證，針對因《赤地之戀》出版後評論反應不佳，宋淇與張愛玲都分別表示這部作品「先有人擬好了大綱」、「是在『授權』情況之下」所以無從發揮的說法，是否這是基於當年冷戰開始，配合了美國反共立場、在美國新聞處資助與授意下的政策性作品？但是麥卡錫予以否認。

張愛玲只在香港停留了三年（一九五二至一九五五）。英文的《秧歌》於一九五五年便已在美出版，以當年的出版作業程序來看，少說最慢在一九五四年便已定稿。此書的中文本問世前先於當年美新處出版的《今日世界》雜誌半

9 *Sayonara*，一九五七：電影。

10 *The Teahouse of the August Moon*，一九五六：電影。

11 *The King and I*，一九五六：電影。

12《京華煙雲》（*Moment in Peking*，一九三九），林語堂（Lin Yutang）。

13《赤地之戀》（*Naked Earth*，一九七六），張愛玲（Eileen Chang）。

月刊上連載，從一九五四年一月刊登到同年七月。而《赤地之戀》中文版在一九五四年十月也由香港天風出版社出版，英文版則於一九五六年由香港友聯出版。

也就是說，在短短三年期間，張愛玲不僅用英文寫出了這兩部作品，還自己動手又完成了中文版，對張愛玲寫作有些了解的人便知道，這是何等驚人的速度！不要忘了，同時她還在翻譯《愛默生文集》[14]、海明威的《老人與海》[15]，還有零星其他為美新處所作的翻譯稿。若非張愛玲其實是多產快手，惜字如金只是日後的一種姿態，那麼就可能是這四部小說的創作過程另有隱情。張愛玲生平資料一直受到大力的保護，在缺漏留白甚多的情況下，張愛玲香港三年期間出現不合理的作品出版速度，應有合理的質疑。

再來看在美國完成的《北地胭脂》。眾所周知，這部作品是以她的〈金鎖記〉[16]為藍本改寫而成。但是中文版有另外一個名字《怨女》[17]，同時照司馬新先生的說法，英文稿原名《*Pink Tears*》（粉淚），張愛玲在一九五六年便是以這部作品的寫作計劃申請到麥克多威爾文藝營（MacDowell Colony）的補助，在那裡她結識了後來的美國夫婿，年長她近三十歲的賴雅（Ferdinand Reyher），所以司馬新推斷《粉淚》應是一九五八年完成的。從未曝光的《粉淚》與後來的《北地胭脂》兩者版本有何不同，我們不得而知。英文的《北地胭脂》跟《怨女》則可比較看出故事人物的一致。前者在美國一直找不到出版商，直到一九六七年才在英國出版，反應冷淡，而同年賴雅過世。《怨女》則於一九六六年已開始在雜誌連載。

與在香港的三年量產相較，張愛玲在美國的頭十年幾乎停滯狀態，最佳的成品即是改寫了早年的〈金鎖記〉。

14 《愛默生文集》（*Emerson*，一九四六），Ralph Waldo Emerson.ed. by Mark Van Doren

15 《老人與海》（*The Old Man and the Sea*，一九五一），海明威（Ernest Hemingway）。

16 〈金鎖記〉：《傾城之戀》，一九六九，張愛玲（Eileen Chang）。

17 《北地胭脂》又名《怨女》（*The Rouge of the North*，一九六七），張愛玲（Eileen Chang）。

嫁給了同是作家的美國夫婿，美國生活十年，始終找不到可與美國接軌的新題材可寫，這大概是張愛玲始料所未及的，就連《海上花列傳》的翻譯工作也瑕疵不全，而日後在柏克萊大學陳世驤先生主持的中國研究中心擔任研究員，據說表現亦不理想而未再被續聘。果真是因為生活壓力、健康不佳，造成張愛玲在美四十年英文寫作困頓、中文創作力遞減？

若照一九五二至五五年間她的創作表現而論，初抵美國一九五六到五八年間應正值她的巔峰，《粉淚》理當精彩可期；但從十年後屢經修改始出版的《北地胭脂》來看，遠遠不及英文《秧歌》的簡潔生動，更不用說她的冷眼嘲諷在英文版中難見端倪，那麼早期的《粉淚》不被出版商接受，或許不是因為題材不討好？

●

張愛玲被美國與英國出版商出版發行的作品就只有這兩部：《秧歌》《北地胭脂》。我們就來針對《秧歌》與《北地胭脂》的中英文版本做個取樣比較，或許對於張愛玲以英文寫作的夢想為何成泡影，能找出一點蛛絲馬跡的線索。

限於篇幅，在此無法作全書逐句逐段的比對推敲，但或許從以下幾例的討論，我們能找到一個基點，對長久以來這兩部作品究竟是先有中文稿、還是先有英文稿？是翻譯？是原創？是改寫？等等值得張學研究注意的問題，展開嘗試性探索。

《秧歌》第一頁的鎮景描寫。一個婦人往牆外倒了盆污水，中文句寫道「像是……潑出天涯海角、世界的盡頭。」似乎很典型的張愛玲語法。中文提到，牆外是「陡地削落下去的危坡」，但是如果我們回到英文版，那並非危坡而已，而是陡峻的深峽（a deep ravine）。因為土地到此斷層陷落，英文中那盆水自然像是潑出了世界盡頭（off the end of the world），逼真且富象徵意含。中文不說是峽谷，已經顯不出世界盡頭之險；天涯海角美則美矣，土地的象徵頓失了張力。英文寫出了深入的觀察，作者轉中文時卻語帶模糊。到底中文、還是英文的敘述才是張的本意？

英文的意象似被誤解也在十一章結尾，金根在揉麵準備蒸年糕一節也出現：

> Bending over the table, he kept rolling it very fast, with a curious little smile on his lips and the intense concentration of one who was fashioning something out of a burning rock at the beginning of the world. (p. 122)

> 把球滾來滾去，滾得極快，唇上帶著一種奇異的微笑，全神貫注在那上面，彷彿他做的是最艱辛的石工，帶有神祕意味的——女媧煉石，或是原始民族祀神的雕刻。（頁一三一）

中文突然多出了一串解釋：「石工，帶有神祕意味的」、「女媧煉石」、「原始民族祀神的雕刻」，卻和「滾球」意象始終扯不上邊。反而在英文原文中，揉滾的動作被比擬成造物者開天闢地，將火燙岩石塑成了地球（fashioning something out of a burning rock at the beginning of the world.）。這個意象簡潔有力又精準，民以食為天的麵團，暗喻了地球的渾厚圓實與生命力，這與石工雕刻何干？

中、英文《秧歌》對照，這樣的誤差多多少少影響全文閱讀，且頗不符合創作的基本邏輯。兩者若出自同一人之手，不管是照實翻譯，或是改寫，少見像這樣用英文時修辭表達完整，改用母語時卻反而語意不清、前後不連貫的例子。

每逢對話部分，中文的張愛玲就顯得流利些，也不太受英文原文的限制，最怕是碰到了典型英文小說裡寫實的景物描寫，中文文字便成了極生硬的翻譯作業。而底下這段又出現另一種情形，英文描寫反而太簡略，中文應該可以寫得更清楚一些，結果卻仍霧裡看花：

They passed the only restaurant in town, a tall wooden structure which consisted of one big, high-ceilinged room entirely open in front. The unpainted wood was a streaky bright orange-yellow. In the semi-darkness of the interior dusty hams and big strips of fresh pork could be seen hanging down from the rafters, while crisp, cream-white sheets of bean-curd skin, long white cabbages, and pale-yellow, bubbled-studded masses that were dried fish maws all dangled above the heads of the diners. (p.8)

這間鎮上唯一的飯館，中文說那「是一座木板搭的房屋」，像是簡陋舊屋，那英文就該用木板plank，而不是wood木材這個字。木板搭的卻又建成高樑深頂（a tall wooden structure⋯of one big, high-ceilinged room），中文還補充一句說它「門面很高大」，到底該如何想像這座建物？「那沒油漆過的木板，是一條條不均勻的鮮明的橙黃色」(頁十二)，這句拗口中文宛如翻譯機出來的句子。應是指木頭原色呈現了一條條年輪紋路的亮眼橙黃（The unpainted wood was a streaky bright orange-yellow）。描寫從屋頂的椽木上垂掛著食物，中文又出現「乳白的脆薄的豆腐皮」，「淡黃色半透明的起泡的魚肚」這種累贅西化的文法。後者在英文中指的是，「一串串淡黃色的泡團其實是風乾的魚肚」(pale-yellow, bubbled-studded masses that were dried fish maws）。接下來英文說廚子將一把麵丟入油鍋，中文卻多此一舉補上「從另一隻鍋裡水淋淋地撈出一團湯麵，嗤啦一聲投到油鍋裡」。張愛玲大概不下廚，濕淋淋的麵丟進油鍋那就是一場油花爆炸的災難！英文形容炒菜的聲音像「退潮沖刷灘邊亂石」(pebbles in surf ebbing from a beach），竟又比中文的「飛沙走石之勢」貼切了。

接下來在金花婚禮上，新郎母親在招呼：

Observing the old man was eating nothing but rice, and very little of that, she fluttered to his side, a large, dark, batlike butterfly.

“There is nothing much for you to eat—I blushed for the poor food. But at least you must have enough rice—you cannot go home emptied bellied.” (p. 13)

原文重點在，這天菜色很差，譚老大沒胃口連白飯都沒多盛（very little of that），女主人竟然還能自打圓場：菜不好，但白飯還是夠吃的（you must have enough rice）。幾乎令人發噱的說詞，中文又是一個漏接：

她注意到譚老大只吃白飯，她連忙飛到他身邊，像一隻大而黑的，略有點蝙蝠型的蝴蝶。

「沒什麼東西給你吃，飯總要吃飽的！」（頁十七）

英文中譚老大並非「只吃白飯」，而是只吃了一點點白飯而已，因此女主人催他多吃白飯才會顯得極諷刺。像這樣一路對照讀下去，有興趣的讀者就會更清楚，以上所提出的幾類問題重複出現，就不再一一列舉。

也就是說，中文的張愛玲一直在犯上下文意不搭的謬誤，難道是張愛玲「誤譯」了自己的「原意」嗎？

●

《秧歌》中文版讀來像是仍可商榷的譯本而非創作，《北地胭脂》跟《怨女》的情況則恰好相反。從一開場醉漢夜裡敲門，銀娣露臉一段，便可看出中文的文思周延順暢，英文則有點心有餘而力不足。形容麻油店「劣質玻璃四角黃濁，映著燈光，一排窗戶似乎凸出來做半球形，使那黯舊的木屋顯得玲瓏剔透，玩具一樣」，這是典型的張愛玲句法與情調，英文中無此段，直接描寫銀娣的臉：

It looked unreal at this close range looming out of a hole in the darkness and disappearing. But he knew it so well, the neat gold mask: a short face on top of the long neck and sloping shoulders. Bangs cut into a pointed arch swept down wing-like over wide cheeks, joined with the wisp in front of the ears that was plastered down to shape the face.

The Rouge of the North, p.2

這樣冗長的句法與《秧歌》的英文截然不同。銀娣的臉用中文則是這麼說的：「前劉海剪成人字式，黑壓壓連著鬢角披下來，眼梢往上掃，油燈照著，像個金面具」（頁五），並沒有英文中所說她是張寬顴骨臉。另外，英文版一開始便沒頭沒腦說那張臉是副工整的金面具，金面具乃是因為臉被「油燈照著」金晃晃，這點沒提，反倒是說那張臉「忽現乍隱」（looming...disappearing），讀來像是一個英文譯者沒看懂中文的上下文所致。

《怨女》充滿了張愛玲對衣食住行的興趣，這成了《北地胭脂》的閱讀絆腳石。來看三爺的髮型：「現在年輕人興『滿天星』，月亮門上打著短瀏海，只有一寸來長，直戳出來，正面只看見許多小點，不看見一縷縷頭髮，所以叫滿天星。」（頁四十五）如果我們依照已被認定的說法，先有《粉淚》，再有《北地胭脂》，最後才有中文的《怨女》，在讀到這一段的英文原文時應該會產生疑問：

The latest hair style for men was "a sky full of stars', a short fringe over the artificial high round forehead called 'the moon gate', brought in by the Manchus. As the upper part of the physiognomy corresponds to heaven and the lower part to earth, all these names were astronomically inspired. The fringe was so short it stuck straight out, mere dots seen from the front, therefore likened to countless stars. （p. 42）

譯成中文是這樣的：「男人時興的髮型叫『滿天星』，一排短髮橫在人工剃光的高額頭上，這樣的額頭叫『月亮門』，是滿州人帶進關的。面相學中將上半部稱天，下半部稱地，所以這些取名都是有星象意含的。那排頭髮非常短的頭髮直直戳出，正面只看見許多小點，所以被比做數不盡的星星。」

中文「滿天星」信筆拈來，多了中國老小說的風韻；但從英文考量的話，這段卻來得多餘，把譯者註解硬生生插進了正文中，彷彿是中文先這麼寫了，英文夾譯夾註也照實搬上。若是想賣弄異國風情，只能說拖累了行文的流暢。

類似之處還有許多，像是說到陪嫁丫頭，英文中也要來上一段解說：「這是個很受用的習俗設計，因為新娘突然從娘家搬出去，進了充滿敵意的婆家，這樣能讓她的生活方便些」(a useful institution designed to make things easier for the young bride suddenly uprooted and dropped into the midst of hostile in-laws，p.40) 這種筆法幾乎是創作生手才會犯的笨拙解說。

若是真怕英文讀者不明白，像是「假傳聖旨」為什麼譯成了「faked the

imperial dispatch」（p.44）而不加解釋？非吃長素而是吃「花素」，又怎麼成了「"flowered" or "patterned" vegetarian」（p.54）？前者英文直譯回去是宮廷的派兵遣將，後者是花案式素食者，恐怕中文與英文讀者都摸不著頭腦。前者若譯成 imperial decree，後者 occasional vegetarian 則就明白多了。這樣的英文成了全書的「風格」，只能說造成讀者不必要的苦惱。

●

如果事實上《北地胭脂》完成在《怨女》之後，這便只是一本譯作，那麼我們是否可說，張愛玲人在美國其實沒有出版過任何一本英文「創作」？

反之，如果英文的《粉淚》與《北地胭脂》才是《怨女》的原文，為何《秧歌》的英文老辣，而《北地胭脂》的英文卻顯生硬？

又為何《北地胭脂》的英文能被譯寫成《怨女》中譏誚靈活的文字，而《秧歌》的中文竟常拘泥於原來的英文語句結構出現西式譯句，像是「亮瑩瑩的白花小點子小黑棒」（八頁）、「一隻大而黑的，略有點蝙蝠型的蝴蝶」、「新郎的母親在一切有關方面是她最年長」（十一頁）等等？中國人情風土能用英文表達的，變成中文時反打了折扣？難道英文作者與中譯者不是同一人？

有無可能，《秧歌》如同《赤地之戀》，不僅早有大綱，甚至內容都有初稿，張愛玲負責對書中所描寫的農村進行事實確認？而西化的譯筆亦非出自張愛玲之手，她只是為中譯作潤稿？

或是相反的情形，是張愛玲提供了《秧歌》的大綱與故事，「授權」他人完成？

又或者，《北地胭脂》是他人根據《怨女》的中翻英譯作？……還是說，前者的拗口，才是張愛玲的英文風格，而非《秧歌》的那種清新流暢？

中、英文間對照顯示出的差異，已經不是信達雅的翻譯問題，而是作者以兩種語言書寫同一題材的落差問題。

「張愛玲熱」始終在華人世界延燒不退，偏偏國際文壇上缺了她的地位，難免張迷會因愛「玲」心切而心有不平，感嘆張愛玲如果生在今日，她的英文小說勢必會像譚恩美、哈金等華裔作家的作品在美國受到重視。這樣的說法為張愛玲當年懷抱壯志、打算以英文小說打進美國文壇卻碰壁鎩羽，客死異鄉的後半生做了某種修補妝點，但是卻也掩蓋了對作家深入研究所應尋求的事實真相。

張愛玲在三年內獨力完成相當於四部作品的中文與英文寫作，而在美四十年的英文小說創作稿有多少被保留，這都令人好奇。本文無意做任何結論，只是希望藉著指出一些尚待澄清的疑點，盼「張學」能開始對作家上海時期外的創作有更多觀照。

畢竟，英文小說創作夢碎，改變了這位傳奇女作家的命運。

懷俄明與懷惡名

——恐同犯罪、《斷背山》[1]及美國歷史暴力

南非人權領袖屠圖主教在為國際特赦組織（Amnesty International）出版的《性、愛、與恐同》[2]一書作導言時說道，如果他能實現兩個伸張公義的願望，一是希望國際領袖能將開發中國家向他們的貸款欠債一筆勾消，另一個就是不再看見有任何人會再因為他們的性傾向而受到迫害：「仇恨與偏見是破壞性的。他們摧毀人類、團體、及社會——連仇恨者自己也不能倖免。」屠圖主教的呼籲足以顯示，恐同暴力犯罪的蔓延在當今已是不容忽視的問題。雖然在政治哲學領域，近年來對仇恨、暴力與種族屠殺議題已多有討論，但對恐同暴力

的深入理解與如何扼止與防範此類暴力的猖獗，顯然缺乏更廣泛的關注。

消泯恐同暴力犯罪的困難重重，除了來自基督教會勢力對同性戀乃上帝不容之罪的認定，更因為多數同志在受害後選擇沉默，加上性傾向不似膚色性癥可依眼見判定，對同性戀乃先天或後天形成、應採消極容忍或積極保護的立場也在不同社會文化中出現不同的論述，連帶對「恐同」一詞的理解層次亦多分歧，恐同暴力犯罪猖狂卻難以被許多國家列入反歧視平等保護法（anti-discrimination law）的背後原因，實涵概歷史、政治、文化、語言等複雜的運作。

一九九八年十月九號，一為名為馬修・謝柏[3]的美國懷俄明大學學生，在

1《斷背山：懷俄明故事集》（*Close Range: Wyoming Stories*，一九九九），安妮・普露（Annie Proulx）。

2《性、愛、與恐同》（*Sex, Love, and Homophobia*，二〇〇四），屠圖主教（Archbishop Desmond Tutu）。

3 馬修・謝柏（Matthew Shepard）。

拉瑞米鎮外被兩名聲稱因死者為同志並對他們騷擾的歹徒，以極慘無人道手法加以凌虐後棄置荒郊，數天後傷重不治。在馬修謀殺暗發後《紐約時報》的報導，一九九六年ＦＢＩ登計有案的歧視仇恨犯罪共有八七五九件，當中百分之十一點六都與受害者的性傾向有關。

就以美國為例，雖然參議院與眾議院分別多次提案將性傾向（sexual orientation）納入反歧視保護對象，卻屢屢在國會企圖闖關失敗，因此聯邦法始終未將恐同列為歧視性犯罪。而以各州政府立法而言，在馬修·謝柏命案發生當時，僅未到半數二十一個州已通過將性傾向列入反仇恨犯罪法；更令人驚訝的是，甚至有懷俄明在內的十個州，至今連任何類別的（宗教、種族、性別、職業……）仇恨犯罪（hate crime）起訴都不能成立。我們不禁要問：在美國這樣自稱法治民主進步的國度，恐同暴力犯罪仍如此猖獗，是否顯示將恐同暴力視為只是性別歧視之一種，或歸咎於基督教保守派煽動的結果，已經無法解釋恐同暴力犯罪背後更深一層的真相？

伊莉莎白·楊柏茹在她所著的《偏見解剖》[4]一書中，列舉了現代四大偏見：性別（sexism）、種族（racism）、反猶（anti-Semitism）與恐同（homophobia）；而她更進一步指出，恐同是集其他三者之大成。根據楊柏茹的分析，反猶是屬於一種陰謀論型的執迷（obsessional），將歧視之對象視為摧毀自己的敵人陰謀集團；性別與種族歧視本質則為歇斯底里（hysterical），認為被歧視之對象是具威脅性的次等階級，一種「他者」。

恐同基本上則集合以上所有的特癥：如同反猶將同性戀視為毀滅家庭制度的敵人，以種族歧視的意識形態樣板化同志族群，視其為不像男人的男人或想做男人的女人所形成的次等位階。恐同者（homophobes）的執迷與歇斯底里所

4《偏見解剖》（*The Anatomy of Prejudices*，一九九六），伊莉莎白·楊柏茹（Elizabeth Young-Bruehl）。

形成的暴力，並非只有登記有案的犯罪行為而已，它更可能與歷史仇恨與種族對立糾纏相倚。從楊柏茹的分析中我們可以看出，光從性別角度出發企圖揭發恐同暴力恐怕有其侷限。

根據碧翠絲・韓森[5]的說法：我們必須注意暴力並非總是存在可見的現象中，它反而是存在「一種創傷的、被強制的無聲中」（traumatic and enforced silence）。甚至我們可以假設，恐同暴力並非必然存在於出現（或再現）恐同暴力的脈絡與文本中。當我們企圖揭發恐同暴力時，或許不能光從文本表相上如何處理同志或恐同議題上著眼，而忽略了文本中「無聲」的部分。

美國小說家安妮・普露在一九九七年《紐約客》（*New Yoker*）雜誌上發表的〈斷背山〉短篇小說，以及改編後在票房上與奧斯卡獎項中皆獲肯定的同名電影為例，被一般大眾所認為是「同志愛情故事新里程碑」，其文字與影象文本所呈現的恐同暴力，如何因與美國西部文學敘事傳統、好萊塢西部電影連結而可能產生的「一種創傷的、被強制的無聲」，顯然缺乏討論。

當真實世界中的恐同暴力與文字影像虛構的同志困境都在「西部」這個充滿迷思的空間中相遇，牛仔、邊城、野地成為新世紀最為人熟悉的同志場景，它們究竟直指了暴力就是美國歷史的核心？還是反讓恐同暴力真實的破壞性又再度藉「歷史化」而成為另一種迷思？

同性戀，還是異性戀應該驚慌？

因為恐懼而隱藏身分所造成的無聲（silence），成為賽菊寇《櫥櫃知識論》[6]的重要切入點。她開宗明義將櫥櫃設定成一種「獨特的無聲語言行為」（a

5 碧翠絲．韓森（Beatrice Hanssen）。

6 《櫥櫃知識論》（*Epistemology of the Closet*，一九九〇），賽菊寇（Eve K. Sedgwick）。

particular speech act of silence）。此外，她更強調櫥櫃牽動了「可知與不可知、顯見與不可見、同性戀與異性戀的相關性，可以對更廣泛的語言行為有所揭露」。既然櫥櫃是「可知與不可知、顯見與不可見」的一種二元對立認知下的產物，賽菊寇卻對櫥櫃造成的無聲 v.s. 有聲，採取一種曖昧的立場便值得我們進一步探討。例如，她先稱「無聲如同語言一樣有表演性（performative）」，立刻又將這樣的無聲與「無知」（ignorance）做聯結，認為「無聲……所倚賴並彰顯的一個事實乃無知也像知識一樣具效力與多重性」。

她接下來舉例，假設密特朗與雷根會談時，前者諳英語而後者不諳法語，她認為在這種情況下，密特朗必須「勉而為之」（negotiate in an acquired tongue），反之「無知」的雷根因英語是他的母語而「坐大」（dilate in his native one）。將櫥櫃 v.s. 異性戀主流驅控類比成使用「非母語」與「母語」時的權力失衡，這樣的認知實存在著許多偏見與誤導。

首先，櫥櫃被賽菊寇錯誤地設定在純粹語言（linguistic）的層次，她所謂的「獨特的無聲語言行為」不但迴避了櫥櫃經驗性（empirical）與身體性（physical）的意涵，更無視於櫥櫃無聲乃被消音後創傷的產物。再者，隱藏同志身分與勉力操作非母語被劃上等號，顯然是從異性戀（母語）觀點出發，將同性戀（非母語）視為一種後天（acquired）行為。

賽菊寇的語言操作讓櫥櫃形成的原因同時被擱置：若同性戀未受到迫害又何須學習異性戀言行？又櫥櫃豈是同志單方面的不願公開，絕大多數異性戀者更習慣於採取「知而不見」的態度（knowing by not knowing）迫使同志繼續留在櫃中。也因此，異性戀的「無知」怎可完全歸咎於同志的「無聲」，而無「蓄意無知」之嫌疑？正如同雷根不會因為在會談中使用了法語就可避免雙方權力上的角力，異性戀的驅控也不因為同志的出櫃／出聲就會停止。

根據賽菊寇的邏輯，雙語的密特朗造成雷根的「無知」，演變成英語權力的坐大，以此做為「無知也像知識一樣具效力與多重性」的說明，某種程度上應證了楊柏茹為恐同把脈所做的分析——其中包含了陰謀論型的執迷。也就是說，賽菊寇在宣稱無知使權力擴張的同時，弔詭地也指控了造成異性戀陷入無知的櫥櫃所帶來的一種威脅：同性戀的無聲是一場語言表演，企圖讓異性戀永遠無法取得櫥櫃知識。

那麼《櫥櫃知識論》可能是異性戀企圖擴張知識／權力而對同性戀櫥櫃的強行搜索嗎？從「無聲」、「無知」到「知識／權力」，我們不免質疑賽菊寇混淆而曖昧的立場，究竟是她的無知、還是為了蓄意隱藏其自身的恐同所造成？

賽菊寇有意避談同性戀的無聲症狀是「社會中的恐同韃伐被內化的結果」（Fone 6），出聲所可能經驗的暴力——肢體或言語——在她的知識論中也不見討論。反而，她書中極大的篇幅是在建立她另一個論點：十九世紀歌德恐怖小說的興起歸因於同性戀櫥櫃的被察覺，以至於一般人（同性戀異性戀皆然）對同性戀產生不安與驚恐，因而投射在文學作品中。例如她極力在文學作品中找尋同性情慾驚慌症狀（homosexual panic）的線索。

例如在分析亨利．詹姆斯的《叢林野獸》[7]時，她只針對同性戀自我性別認同的惶恐做精神分析式的解讀，彷彿同志不直寫同志情慾是由於「同志恐同」、而非異性戀的恐同對其迫害所造成。而這種「表演性的無聲」令一般讀者無法得知作者竟然是同志，造成了一種需要賽菊寇來矯正的無知。

與其說賽菊寇的知識論的主題是櫥櫃，不如說她是在提供異性戀（或潛在性同性戀）讀者線索，如何猜測同性戀者的存在；然而在她寫作時，這些作家的性向早已不是祕密，同志驚慌在此有因果倒置之嫌。她甚至將恐同這種真實世界中存在的一種暴力，輕描淡寫成一種小說主題的操作：「歌德恐怖小說為英語讀者製造出男同性戀與恐同症辯證的清楚架構，在此類作品中恐同情結提

7《叢林野獸》（*Beast in the Jungle*，一九〇三），亨利．詹姆斯（Henry James）。

供了偏執情節（paranoid plot）一種主題上的意義。」同性戀者真正面臨的恐懼如暴力、死亡、身敗名裂等，卻不在賽菊寇的櫥櫃論述中。

反倒是在談到恐同攻擊時，她雖指出現今在法庭上許多攻擊者（gay-basher）用「同性情慾驚慌症狀」做為辯護，但對於加害者合理化自己行為的做法，賽菊寇沒並未對他們的恐同施暴有所批判，反將重點放在這些人的「同性情慾驚慌症狀」可能是由於自己為潛在性的同性戀（latent homosexuals）對自己陽剛與否感到不確定。

因此她繼續論道：雖然這樣的辯護是在「模糊個人病理與系統運作間的重疊地帶」（an overlap between individual pathology and systemic function），但「同性情慾驚慌症狀」對她來說非常吸引人（attractive），因為這個詞「戲劇化（dramatize）了這個重疊地帶、給予它可見度（visible）與造成譁然（scandalous）」。

在她的討論中，被害人再一次被消音，我們聽到的反是加害者所用的辯護理由又被賦予另一種「（學術）主題上的意義」。這樣的無聲v.s.有聲所提醒我們的，豈只是櫥櫃的存在而已？

換言之，異性戀對同志性愛情慾反感不安，進而產生的驚恐反應，與同性戀因為可能被揭發、被功擊殺害而心生之恐懼，這兩者在賽菊寇的論述中，都可成為「恐同」一詞的含糊定義。

賽菊寇甚至還如此合理化異性戀的「恐同」：「對異性戀男人而言這是正常情況（normal condition）」。無怪乎大衛．范里爾[8]對賽菊寇即提出這樣的批評：「在她心理學化的櫥櫃中只有性別困惑的異性戀者，或潛在的同性戀者才能藏身其中。將同性戀定義為自我認識不足的內在問題，而不是由於外在的社會條件滲透造成，這則是她所藏身的櫥櫃。」

8 大衛．范里爾（David Van Leer）。

范里爾同時更進一步指出，問題不在於賽菊寇「如何與為何得知了她所知道的，而是她的知識如何受到她相對於研究對象所處位階之影響。當任何人說自己『瞭解』了一個『他者』，那是什麼意思？那個他者又是經由何種程序被瞭解的——賽菊寇的『知識論』的知識論？」

范里爾以「賽菊寇的櫥櫃」對其論述提出的檢驗，其實提供了我們一個對櫥櫃與恐同辯證的可能新架構：無感於自身位置正對他者造成壓迫，甚至逃避隱藏這種位階的自覺，正好反證了櫥櫃之存在。

因為若無賽菊寇式的櫥櫃，讓恐同異性戀者繼續藏身其中否定與拒絕瞭解同性戀，甚至自以為在對同性戀包容，那麼同性戀的存在也將不再是一種「不正常」的祕密或羞恥。范里爾的批判提醒了我們，所謂的恐同暴力論述同時亦有可能將暴力迷思化。

根據他的看法，賽菊寇或是其他相似的異性戀主義者，藉自己藏身異性戀櫥櫃，而與真正的恐同暴力保持了區隔距離，並將同志的受創經驗文本化與疏離化，以合理化自己的「正常」位階。從「異性戀的櫥櫃」這個概念出發，或許有助我們建立起對恐同暴力再現的一種批判角度。究竟文字或視覺的恐同暴力再現有無加助了這種暴力的影響？有無透露異性戀規範（normativity）與操控的意識型態？

反觀普露的文字想像，是否亦有可能印證了類似賽菊寇異性戀觀點所鋪設出的同志櫥櫃？

賽菊寇強調了同志櫥櫃在十九世紀小說中是一種自我隱藏與外界對它的視而不見，普露則將故事發生點設定在與十九世紀幾乎對同性戀一樣封閉無知的、一九六三年的美國落後西部鄉野，並在故事結尾時將櫥櫃的隱喻化為真實的衣櫃，讓恩尼斯在其中找到象徵了斷背山記憶的兩件不離不棄的襯衫。由此可見，普露顯然依循著賽菊寇的暗示，只要將櫥櫃在文本中公開化，即達成異性戀者對同志困境的關注；而同志只要接受櫥櫃的存在，就等於面對了自己的情慾性向。

然而櫥櫃真能成為同志情慾的同義字嗎？還是說，櫥櫃的文本化與同志情慾的再現有可能成為壓抑恐同暴力真相的另一種手段？

同志情慾的再現政治與美國歌德恐怖敘事

和電影相對照，普露小說版最大的不同在於斷背山意象的營造。電影中的青山綠水世外桃源般的景色，讓主角如同「美國亞當」原型在大自然的撫慰下暫離了人世社會對他倆關係的不能見容。

但出現在普露小說中的斷背山，從第一次「一片巨大的黑」(a huge black mass of mountain）的意象出現，就讓恩尼斯與傑克每回的入山都籠罩在令人感到壓迫的陰沉氣氛中。在夏日將近時，重山更被形容為「惡魔的能量在滾動著」（boiled with demonic energy）。

另外值得注意的是貫穿故事許多場景的呼呼冷風，從開場時第一句「風搖晃著廂型拖車，從鋁窗門縫中嘶嘶鑽進」，這股彷彿不祥的冷風一路倒吹將讀者帶回一九六三年。在恩尼斯與傑克第一次入山當日，成千羊隻像一條「髒水」（dirty water）流入山林、草原，還有「綿長不止的風中」（coursing, endless wind）。在兩人下山道別的場景中，「冷風強勁颳著」（gusting hard and cold）；重逢後兩人第一次的溫存，亦伴有冰雹與之後的風雨敲窗；一九八三的入山幽會起初天空藍澈，傑克說「看久了會醉」，然而第三日早晨即變天，「烏雲黑壓壓追趕著風與飄雪」（a bar of darkness driving wind before it and small flakes）。

也就是說，這些統一持續的意象是經過作者的設計，讓這段不見容於當時社會的兩男肉體之歡始終如受到某種詛咒的陰風尾隨，這更可以說是典型的一種歌德誌怪的手法。

從這個敘事的模式來看，斷背山是黑暗的魔山，取代了維多利亞時期歌德恐怖小說的古堡，兩個入山的青年因而著魔（possessed）而變得沉淪與執迷（obsessed）。小說文字不僅將恐同暴力推遠至一九六三年，甚至推回到了十九世紀的美國西部文學與維多利亞小說。而惟有藉這樣的隱諱寓意，普露才可從面對兩人的情慾心理刻劃的需要中抽離，一方面又可和賽菊寇的歌德恐怖小說、男同性戀與恐同症的三位一體呼應，將兩男肉體之歡轉化成了「偏執的情節」。

根據克里斯．派卡[9]的說法，「在西部故事中最常見對不同族裔的刻板化、對白人的英雄化與非白人的妖魔化」。在分析約翰．尼歐一八八二年的西部邊土文學先驅之作《羅根》[10]時，泰瑞莎．葛杜[11]也指出，作者「利用將印地安人誌怪化以製造一種合理化國家擴張的論述」。艾瑞克．薩佛伊[12]更指出將過往（the past）與他者作誌怪的符碼化轉譯，構成了特殊的美國歌德誌怪（American

Gothic）傳統：

由於美國歷史的稀薄與空白，以及遼廣的地景，寓言（allegory）……提供了陰暗的題材，一種霍桑式的中立畛域（neutral territory），實界因而被黑暗的假設所充滿，成為回返與重複的一塊場域。這是梅爾維爾教給我們的一課：沒有比沒有（nothingness）本身更教人害怕的……寓言在語義上的簡省，那種拒絕透明化的陰魂不散結果，讓美國歌德誌怪中所敘述出的他者逼近了不可捉摸的黑影。

9 克里斯・派卡（Chris Packard）。

10 《羅根》（*Logan*，一八二二），約翰・尼歐（John Neal）。

11 泰瑞莎・葛杜（Teresa Goddu）。

12 艾瑞克・薩佛伊（Eric Savoy）。

儘管普露表示她想探索「破壞性的鄉村恐同症」，小說中針對恐同或同志愛情提出的看法如前述，卻是混亂而曖昧的，反倒是將其置於傳統美國西部冒險的敘事體例下重新檢視時，我們會發現這個故事在對暴力的隱諱、與潛在的歌德式恐怖敘述特徵如何將暴力合理化上，出現了清晰而統一的觀點。

薩佛伊的論點更提供了對普露的誌怪敘事策略重要的解讀角度：這樣的模糊與寓言式傾向敘事，造成對特定角色的他者化。普露的懷舊設定並非只是故事時空的延長而已，事實上她藉此過渡到傳統的西部神話。故事敘述的聲音亦複製出神話傳說故事中的「從前」（once upon a time）效果，將敘事寓言化（allegorize），恢復了傳統西部敘事中的對他者壓抑的必要性。

所以說，普露的歌德式誌怪敘述模式不僅讓讀者聯結到恐同驚恐，也同時聯結到西部神話。所有以美國西部為題材的創作都在強調了美國西部與神話／迷思之難以分割，即便如《與狼共舞》[13]、《殺無赦》[14]這些所謂的新西部類型電影，它們看似在顛覆傳統西部神話，道格拉斯・麥可雷諾[15]卻更進一步提醒我們，這些電影雖用比較寫實或偏悲觀的角度在避免濫調、或借古諷今，它們也同時在重申：西部是真的（the West is real），比我們希望的還更真。

對於生活在以強調自由、平等、進步作為國家敘述的美國群眾而言，歷史證明這些希望與目標一再成為失落的夢想，對黑奴、少數族裔的不義、對隱藏在民主後帝國主義統一世界的心態等等，使得美國民眾選擇了西部神話敘事之必需，才能提供他們在面對夢想落空、文化矛盾時的另一套秩序，也就是麥可．雷諾說的，「西部之為真是因我們堅持它是真實的」。我們亦可以說，普露亦是藉自我揭發西部地域型的恐同文化來鞏固西部之為真，承認西部敘事中存在的

13 *Dances with Wolf*，一九九〇：電影。
14 *The Unforgiven*，一九九二：電影。
15 道格拉斯・麥可雷諾（Douglas McReynolds）。

歷史暴力（屠殺印地安人、虐待黑奴、盜匪橫行到對同志的仇恨），成為一種對西部真實存在的反證。

異性戀觀點下的同志情慾

作為《懷俄明故事集》中的一篇，〈斷背山〉或許讓人覺得是西部文學的新頁。然而，是否同樣可作為同志文學的新頁，我們不應基於表面主題標榜的同志多樣性（如同志陽剛牛仔）立刻接受其觀點。「牛仔同志戀情」主題首度突破主流電影工業禁忌在票房與評價上獲得成功，使得太多的注意力集中在電影的「出櫃」，反而忽略了故事中對角色「無法出櫃」的刻劃所採取的敘述策略。

當我們瞭解到美國歌德誌怪傳統與美國歷史暴力的不可切割，以及傳統西部電影與文學中異性戀男性為中心的觀點，這時再回頭檢視普露的文字敘述，我們不得不開始質疑，選擇了這樣的敘述模式與意象系統，真能逃過其內含的恐同運作嗎？

普露持續對外強調「這是一個愛的故事。它同時是普世共通的（universal）也是特定對象的（specific），我相信它的真實。它是古老、古老的故事」。如果我們記得史畢伐克[16]的抨擊，所謂「普世共通」的模範皆傾向以「男性既得利益者」的政治考量為準，我們不禁要重新檢視，從小說〈斷背山〉到電影《斷背山》，是否恐同暴力也因「普世共通」的政治考量而被消毒了？

若把小說〈斷背山〉放在整個《懷俄明故事集》的主題架構下，我們不禁要問：這樣一種將逐漸沒落的傳統西部文學企圖現代化的嘗試，難道不是在重新肯定「西部」主題乃美國國家敘事中的重要元素？如何能在這種國家神話的敘述架構下，討論「破壞性的鄉村恐同症」而不掉入西部敘事傳統掩飾歷史暴

16 史畢伐克（Gayatri Spivak）。

力的迷思？

如果我們仔細追索普露的敘事，尤其可見異性戀觀點下同性情慾的他者化。她用第三人稱全知觀點模糊了所有對恩尼斯與傑克同志戀情的直接刻劃，除了寒夜帳篷內恩尼斯近乎強暴般「拉過傑克讓他趴下……吐口口水幫助他進入」的文字描述外，只剩角色的同志驚慌症狀提供讀者可以「假設」兩位主角應該為同志的線索。從一開始兩人都說「我不是」、到汽車旅館幽會時恩尼斯仍強調「我想知道我到底是不是——」的欲言又止，及回憶童年目睹同志慘死而心有餘悸，普露技巧性地讓主角的性傾向仍有留白空間。

在全文中唯一的一段以傑克為主的描寫中，傑克回憶恩尼斯站在他身後給他的擁抱，他感受到昏沉與被催眠般的（drowsy and tranced）半睡半醒，恩尼斯始終也不與他面對面「因為不想看到與察覺懷中抱的是傑克」。普露並未說出那到底恩尼斯心想著的懷中人是誰？但懷中的傑克可能只是替代品卻在這句敘述中不經意表露。

普露似乎企圖暗示恩尼斯和傑克是雙性戀，他們之間存在一種「怪異、執迷的吸引力」(strange, obsessive attraction）以至於無法不驚慌失措。敘述的聲音造成的曖昧，將讀者焦點從恐同社會對同志的迫害，轉移至恐同乃角色本身性向困惑之結果，無疑呼應了賽菊寇的知識論所透露的立場：同志需要文本化的櫥櫃才能獲得自己是同志的「知識」，否則都只能陷在恐同驚慌中而無法出聲。

小說中傑克的出場是以一個夢中影像的方式，「他（恩尼斯）感到愉悅因為傑克崔斯特來入夢」。被邊緣化為夢境陰影已暗指出傑克所處的他者地位。

在切進倒敘後作者立刻寫道「一九六三年他（恩尼斯）初識傑克時，已與艾瑪比爾絲有婚約」，在兩人得到工作後的酒館場景，普露描寫傑克「生得算好看，有著一頭鬈髮，喜歡笑」，對恩尼斯則寫道「他有一個適合騎馬與打架的陽剛矯健（muscular and supple）體魄」，兩人男性女性的位階更進一步確立。

反觀電影開場則是一連串寂寥廣闊的西部公路影像，一路搭便車來求職的恩尼斯接著出場，之後是傑克駕駛著一部破舊卡車到來。在等待面試的過程中，兩人交換了眼神；恩尼斯安靜寡言略帶靦腆，傑克則雙手插腰直接對恩尼斯上下打量。稍後他利用後照鏡刮鬍子時，電影鏡頭亦帶出他的「男性注視」，他再度窺視了鏡中照映出的恩尼斯。

雖然根據小說中的性愛場面描寫，電影保留了恩尼斯在作愛時是處在男性位置，但不似小說中恩尼斯觸到傑克的勃起後，立刻寫到脫褲與插入，在電影中這兩人多了彼此抱頸注視、似擁抱又似角力的過程，男性與女性的位置在他們的關係中較是處於流動互換的狀態。

此外，雖然兩人同有暴力傾向的父親，小說中恩尼斯的父親曾帶他去看被去勢慘死的老人，傑克對父親的記憶則是在童年洗澡時他看見父親有包皮，「我又哭又鬧……因為他有多出來的東西是我永遠失去的」。如果恩尼斯感到的是（男性）被閹割的恐懼，那傑克便是明顯的（女性）陽具羨慕。

除兩人的男女位階區隔甚明之外，傑克彷彿是那個一直在誘惑恩尼斯，讓恩尼斯男性陽剛位置岌岌不保的他者，死後甚至還化身為不散幽靈時時來入夢。在山上初嘗「禁果」後，恩尼斯走入婚姻與家庭，傑克的角色則轉為一個外地人，一次次回來西部原鄉，想引誘恩尼斯棄守原本堅定的價值。

由這個角度來看，普露文字敘述無疑透露出了一種偏頗的同志情慾，似乎呼應了楊柏茹所指出的，恐同執迷與歇斯底里包含數種偏見之特徵：同性戀如同猶太人破壞了制度價值，如同黑人具威脅性，與女性同樣屬於低階的他者。

普露傾向於典型傳統西部書寫中對暴力的隱諱，透過她小心的語言操作，傑克成為帶給恩尼斯恐同暴力陰影的他者，是他讓恩尼斯陷入了痛苦與驚慌，暗示了男性異性戀陽剛的結構的瓦解，是男同志情慾的入侵所造成。這正如同約翰·尼歐小說中的印第安人帶來死亡與恐懼，但尼歐卻避開了白人的奪地屠殺才是造成暴力與恐懼的根源。

小說故事結語的敘述尤其透露了作者所在的「異性戀櫥櫃」：「在他（恩尼斯）知道的，與他努力相信的中間還有一片空間（open space），但是他無能為力，如果你克服不了就只好忍受（stand it）」。

顯然這不是恩尼斯「我」的內心獨白，然而這裡的「你」又是何人？是一路讀來將自己投射於恩尼斯與傑克的同志讀者嗎？究竟是同志需要忍受恐同的壓迫？還是異性戀讀者需要「忍受」（不是接納或包容）同性戀者的存在？普露設計的（異性戀）敘述聲音最終掌控了整個故事，讓同志徹底消音。

同志的他者化與他者的同志化

電影《斷背山》由以西部小說《孤獨之鴿》獲普立茲文學獎的小說家賴瑞・麥可莫瑞擔任製片，他一系列的現代西部小說都曾被改編搬上銀幕，而此次電影《斷背山》劇本改編則出自他與妻子之手。

麥可莫瑞的小說《最後一場電影》[17]在一九七一年改編搬上銀幕後大受好評，他在《斷背山》拍攝籌備期，曾帶著導演李安去參觀了《最後一場電影》拍攝的實景，[18]麥可莫瑞長期以文字影像經營出的西部在李安的《斷背山》中處處可見痕跡。在我們進入電影《斷背山》如何處理恐同暴力之前，我們有必要從麥可莫瑞的改編劇本先著手，進而質疑這部電影究竟只是將普露的小說影象化？還是說，其實已經是一部另有弦外之音的電影？

道格拉斯．麥可雷諾談及被推崇是「新西部」電影濫觴的《最後一場電影》

17《孤獨之鴿》（*The Lonesome Dove*，一九八五）；《最後一場電影》（*The Last Picture Show*，一九六六），賴瑞．麥可莫瑞（Larry McMurtry）。

18 根據台灣《印刻》雜誌對李安所做的專訪，李安提到麥可莫瑞「就像世上的權威性父親代表人物」，而李安「有幸」請他帶他參觀了麥可莫瑞同名小說改編之電影《最後一場電影》（*The Last Picture Show*）的所有實際場景。李安還說：「他與我聊到西部生活，告訴我西部人不愛說話的文化，慷慨分享自己的經驗以及他的作品，供美術設計作參考。」見二〇〇六年一月號《印刻文學生活誌》，p.34。

曾有這樣的看法：

> 我們看到的並非一種新的神話，或是對神話的抨擊，而是換了一種角度，變成對「作者導演」(auteur directors)、對電影製作本身越來越高的自覺。大家都知道西部片，就像所有其他電影，與其說它的重要性是電影銀幕上的人物與時代如何被刻劃，不如說是「關於」在什麼特定的時代這部電影被拍攝。

麥可莫瑞買下《斷背山》電影版權擔任製片，又親自操刀改編劇本，指導李安如何掌握美國西部風土時以《最後一場電影》的場景為教材，在在顯示麥可莫瑞的《斷背山》電影版本與《最後一場電影》若有相似處，並不足奇。

果然，《紐約客》影評人安東尼．連恩[19]就如此表示：《斷背山》這部電影並不是在刻劃兩個男人之間的愛情，而是兩人愛情的受阻與生存受到的威脅。他並將《斷背山》與《最後一場電影》相比，認為兩者「都是描寫生命遭受打擊的哀歌，對即將消逝的殘光（vanishing brightness）不捨的一瞥」。

最後他寫道：電影《斷背山》「被人譽為同志西部片，卻是既不同志，也不西部。」雖然他在有限篇幅中未更詳述他的觀感，但「同志」與「西部」的聯結所出現的問題已有普露小說為例，而電影版似乎也在要求我們深一層的檢視。

如果說小說的〈斷背山〉會如此吸引麥可莫瑞，是由於這個故事亦是對西部神話的「殘光」的哀悼，對「岌岌可危」的生命的不捨目光[20]，那麼《斷背山》中的同志又如何為麥可莫瑞所挪用，成為對美國當代的一種隱喻？恐同暴力是

19 安東尼・連恩（Anthony Lane）。

20 道格拉斯・麥可雷諾認為《最後一場電影》是「關於越戰時期的青少年企圖找尋可相信的事物，卻無法在他們父母的人生與價值系統中尋得」。然而，麥可雷諾繼續提醒我們注意，以片中一場聖誕舞會為例，雖然年輕一代無法忍受上一代的虛偽，但是導演的畫面鏡頭卻同時讓上一代舞姿曼妙與節奏合諧出現眼前，「保住了神話永遠的美感，清澈、岌岌可危卻未死（precariously alive）……鏡頭在問觀眾：當這些先驅前輩逝去之後，接下來會是什麼樣的一個世界？」

否有可能因此在一連串隱喻過程中被中和（neutralize）或削弱（minimize）了？

大體說來，《斷背山》遵循了古典西部片中的二元對立系統，也就是亨利耐許史密斯[21]早在一九五〇年便對十九世紀以西部為題材的美國文學提出的觀察：在西部文學中「文明與自然永遠是矛盾卻並立的」。

電影版的《斷背山》採用了明亮的調子取代了原著的陰冷，尤其兩位主角的相聚時光裡，無論是短暫的夏日初識或後來的重聚，河流總在畫面中出現，顯然電影《斷背山》將同志情愛擺放在文明與自然二元系統裡自然的這一端，少了原著中近乎著魔、怪異與偏執的暗示。李安與麥可莫瑞藉兩男近乎天真、不知同性戀為何物的純潔來歌詠西部大自然如伊甸神話的同時，他們如何建立與自然相對的文明隱喻，便成了這部電影是「同志西部片」、還是「既不同志，也不西部」的關鍵所在。

《華盛頓郵報》影評人史帝芬・杭特[22]認為，片中與自然對比的意象是家庭生活（family and hearth），後者傳達的是「異性戀家庭生活的貧乏（impoverishment）。」不論是在恩尼斯簡陋的公寓裡，還是傑克的舒適洋房裡，家庭生活都是令人窒息的。杭特接下來便質疑，這是關於「同性戀貪心、自私、無自制力，牽了異性戀合約又遺棄」的故事嗎？

杭特亦指出電影中用了「大量傳統異性戀羅曼史主題」：包括命運（fate）讓兩人相遇、愛的基礎是信任與友誼而非性慾求（lust）等等。編導將恐同暴力設定為好萊塢愛情片中不可少的外力阻撓，一種公式化元素，根據這樣的邏輯，恐同與家庭生活、文明、異性戀、社會契約在片中建立出一種規範約束。

如果說普露是從異性戀櫥櫃立場讓同志情慾消音，那麼李安與賴瑞麥可莫

21 亨利・耐許・史密斯（Henry Nash Smith）。

22 史帝芬・杭特（Stephan Hunter）。

瑞的電影版則是用大量明亮遼闊的自然風景包藏住同志情慾，讓同志情慾與社會文明之間形成鴻溝，斷背山儼然就成了一座特大的櫥櫃！

電影以較原著更清楚的寫實影像與更多的篇幅，讓我們看到傑克經濟條件的優越，恩尼斯與他的漸行漸遠的原因，似乎難以剔除因經濟條件的不同而產生的價值觀差距。因此，儘管恐同暴力讓片中主角無時不為自己的生存感到憂懼，恐同暴力威脅是混合在其他種種對恩尼斯生存造成威脅的社會經濟條件中。

除了家庭這個對立元素外，在片中與自然的純淨安詳形成對比的，是現實生活中的暴力衝突。銀幕上的恩尼斯，除了小說中原本即有的一場與傑克在山上的打鬥外，編劇麥可莫瑞另外給了他許多激烈的情緒戲，而最後都以肢體暴力做為宣洩的管道。

在國慶日與妻子看煙火時與人齟齬而動粗；與妻子冷戰中獨自搥牆洩憤；在離婚多年後前妻揭發他的釣魚藉口，恩尼斯奪門而出後，在酒館前又對撞倒他的司機暴力相向。在電影《斷背山》中，編劇較原著更仔細地描寫了恩尼斯的居家生活，此外還添加了他與一位女侍的交往，似乎在強調恩尼斯原本是一個寧願臣服社會規範的男人，但接下來他在工作上的不遂、經濟狀況的無法改善、連同感情世界的破碎，讓他變成了一個社會適應不良者，最後孤獨地生活在廂型拖車上。

從這個角度來看，無論麥可莫瑞的劇本或李安的影像處理，皆避開了恐同暴力如何在電影中再現的議題，反將摧毀主人翁的迫害形式，更直接指向了社會階級。恩尼斯的環境背景、工作能力等等的限制，讓他始終活在一個混亂激動的世界，他隨時準備以暴力迎向生活的打擊。

這或許是麥可莫瑞的西部所企圖隱喻的主題：關於小布希執政時期，美國中下階級被犧牲踐踏。如果小說的《斷背山》將同志他者化，那麼電影《斷背山》是將他者同志化。

這也讓我們更加理解西部敘事何以成為了美國的國家神話：因為從開國以來這個國家所標榜的自由、平等、民主價值，始終是與法律、種族、帝國擴張、資本主義……這些實際的社會運作法則相抵觸，在真實生活中永遠無法化解的這些衝突，形成了美國充滿矛盾的國家性格，這種二元的衝突最後只能在文學與藝術的西部想像中找到出口。

甚至我們可以假設，電影《斷背山》的成功不是由於同志議題得到了更多的共識，反而是因為對許多異性戀觀眾而言，西部敘事模式讓如何瞭解美國時事多了一種特殊的脈絡。即使不再有拔鎗對決的場面，電影《斷背山》仍然呈現的是一個分裂的世界：從角色擺盪於同性與異性慾望的分裂性格，到城市與鄉下、有產階級與低收入勞工、甚至男人與女人的壁壘分明。

換言之，觀眾對電影《斷背山》的接受（或包容），並非全然因為「愛」乃無論同性戀或異性戀的共同經驗，更是由於二元無解的歷史矛盾持續造成的「失落」，讓觀眾認同了恩尼斯的憤怒與悲傷。

西部國家敘事提供觀眾在面對夢想落空、文化矛盾時的另一套秩序，也就是麥可雷諾說的，「西部之為真是因我們堅持它是真實的」。與其說電影《斷背山》如同它的宣傳文字所強調，是一個有關愛的故事，倒不如說是關於「自由」。兩位主角從彼此身上找到了愛，但是他們得不到自由。

影片最後一個鏡頭，恩尼斯獨自在廂型拖車中，窗外的世界看得見卻又遙不可及。自由原本是西部片英雄的狀態，但是恩尼斯看似具備了西部英雄離群索居、陽剛堅毅的形象，事實上他是被社會馴化的。

或許始終不放棄追求一個同性伴侶的傑克，才是兩者中得到自由的，而獲得自由的代價卻是死亡。

傑克之死在電影中沒有帶來陰風慘慘，反倒是讓恩尼斯在懷念死去的情人時，打開窗戶望向陽光中的遠山。當死亡被如此浪漫化，致死的暴力無疑亦被合理化了。

當西部迷思碰上恐同迷思

在經過上述的討論後，我們也許更能了解，馬修謝柏謀殺案發生於懷俄明州拉瑞米鎮，與普露的〈斷背山〉背景選在懷俄明州，兩者如何同樣受制於美國西部歷史的暴力想像。

如果小說或電影的《斷背山》拒絕（或無力）讓我們對恐同暴力有更人性化的認識，真實世界中的馬修謝柏的謀殺事是否就可以揭開更多的角度？還是說，即便經過媒體的密集揭露，[23]所有的討論與報導終究逃不出歷史敘述的模式？

懷俄明州對許多美國人來說，它既是一個真實的地理位置，同時也是一個西部原鄉想像的符號。

以懷俄明州為故事背景（或拍設地點）的好萊塢西部電影不計其數，更不乏經典作品如《原野奇俠》[24]、《血戰蛇河》[25]等。對於一個人口當今只有四十八萬人的荒涼邊土，放牧早已不再是經濟命脈，竟能享有不墜的「牛仔之州」一聲譽，這其中不乏人為的神話建構努力，如將該州的宣傳標語訂為「美國的原貌」（What America Once Was），以及該州首府夏延（Cheyenne）鼓勵居民多作牛仔裝扮吸引觀光客。

在標榜原味（authenticity）卻又訴求於小說電影想像的矛盾下，懷俄明州的神話性格顯然迷霧重重難以勘破。愛蜜・提格娜[26]甚至指出，這樁小鎮謀殺

---

23 僅就平面媒體而言，《紐約時報》從案發開始便一路長期追蹤報導，從鎮民反應到懷俄明州的立法、從審判過程到同志示威抗議，現都收在名為「拉瑞米拼圖檔案」（Laramie Archives）之網頁（http://www.nytimes.com/ads/marketing/laramie）。而又如*Harper's Magazine*、*Vanity Fair*都有罕見的長篇幅專題文章，分別是瓊安・威琵裘絲基（JoAnn Wypijewski）的〈一個男孩的生活〉（A Boy's life）（September, 1999）麥蘭妮・德姆斯壯（Melanie Thermstrom）的〈十字架上的馬修謝柏〉（The Crucification of Matthew Shepard）（March, 1999）。

24 *Shane*，一九五三：電影。

25 *The Man from Laramie*，一九五五：電影。

26 愛蜜・提格娜（Amy Tigner）。

案儼然是傳統美國西部類型故事的翻版，拉瑞米這個經濟蕭條的不毛小鎮符合了「原始西部」(the Wild West) 的想像，又喚起了大眾對美國開國拓荒中歷史暴力的記憶與想像，歷史中無法無天的西部暴力再度上演。

在馬修·謝柏謀殺暗發生之前，恐同犯罪率雖不斷升高卻遲遲不見於主流媒體報導，但這樁悲劇引起平面與電子媒體的高度注意與披露，如此規模的能見度原因何在？

也許是因為死者年僅二十二歲、身高只有五呎二吋、體重一百零二磅，是一個典型美國鄰家小男孩的形象，特別惹人憐愛惋惜；也許是因同志團體與支持媒體終於有了這個機會將金髮清純的馬修照片密集曝光。也許是因犯罪手法特別殘忍，馬修被發現時是被雙手反綑於荒野的木欄樁上，一息尚存，據報導在他的滿臉血污中有兩道清楚的淚痕，這個「他者的臉」太具震撼力。在這麼多可能的因素中，素有「牛仔之州」之稱的懷俄明是這次的犯罪地點所在，對大多數人而言，擴大了這宗犯罪的想像空間；對暴力的執迷想像，或許是拉瑞米恐同謀殺案獲得高度注意最不能忽視的原因之一。

雖然凶嫌阿龍．馬金尼[27]與羅素．韓德森[28]已定罪，但是案發當晚何以馬修會跟凶嫌一同從那家一般鎮民流連的酒館離開，至今並沒有清楚一致的答案。韓德森一開始便俯首認罪，無公開審判即判處兩個無期徒刑，然而在他的證詞中只描述了馬修被殺的經過，對於離開酒館後的經過拒絕交待。[29]至於馬金尼拒絕認罪接受審判時以馬修對其進行性騷擾做為辯護理由，顯然錯估在保守的拉瑞米「做一個打擊同志者（gay-basher）是一件光榮的事」。

值得注意的是，馬金尼的脫罪之詞正是「同性情慾驚慌」，馬金尼以其做為殺害同志的辯詞，說明了這個名詞暗示了以異性戀為中心的觀點，將同性戀

27 阿龍．馬金尼（Aaron Mckinney）。
28 羅素．韓德森（Russell Henderson）。
29 此處的資料來源是根據瓊安．威琵裘絲基之報導（61-74）。

定義成「對異行戀造成驚慌」的不正常現象。馬金尼這樣明白的招供在懷俄明州卻無法以恐同謀殺定罪，僅可視為一般的謀殺，換言之，恐同暴力在懷俄明與其他類似的二十四州都是不存在的。

貝絲・羅芙倫達在《失去馬修》[30]一書中提出了對懷俄明州為何遲遲不願通過歧視犯罪條例幾點她個人的分析。除了來自宗教團體的壓力外，她認為與懷俄明州一向自詡為美國原鄉代表的地方文化有關。「法律，不管是哪種法，對這裡許多人來說都是對個人自由的一種侵犯。」羅芙倫達如此寫道。「許多人告訴我，歧視犯罪法更是不必要，因為很少在懷俄明發生」。

另外她還列舉了許多反對立法的理由，如「無論哪種謀殺都是一樣的」、「反歧視是思想箝制」、「反歧視是保護特定一些人的特殊權利」等。從馬金尼的態度到羅倫達在當地做的這些抽樣，這些實例似乎再一次告訴我們，美國歷史敘述中所煽動的恐懼——失去自由的恐懼、失去位階的恐懼，即便到了今天還在鼓勵著民眾對他者的妖化與壓抑。而在這個人口密度為全國最低的懷俄明州，廣大空地更助長了這種恐懼的醞釀，因為「沒有什麼比『沒有』更教人害怕」。

馬修．謝柏之死的核心已經不是關於一個叫馬修．謝柏的年輕人，而是關於美國暴力的歷史。小說與電影的《斷背山》虛構鋪陳出的同志困境仍有賴太多熟悉的美國敘事原型，而懷俄明州拉瑞米的小鎮罪行明明那麼典型熟悉，卻同時教人感到極度陌生與「似異」（uncanny）。

借用葛杜的說法，美國靠「歷史恐懼讓國家身分成為可能，更需要藉壓抑歷史恐懼才能讓恐懼繼續……它的國家敘事是從一連串的錯置中創造出來的」。

30《失去馬修》（*Losing Matt Shepard*，二〇〇〇），貝絲．羅芙倫達（Beth Loffreda）。

正因為如此，我們更可以瞭解小說與電影的《斷背山》為何要以恐同暴力為衝突主題、同時又企圖壓抑恐懼的真相。更弔詭的是，懷俄明一方面因為是電影中最常出現的西部場景而滿足了大眾重返西部神話的嚮往，另一方面大眾也希望那個似乎只存在遙遠西部片中場景的懷俄明，能夠再一次如邊土神話埋藏起殺戮的罪惡。

這也是為何一個同志愛情故事，因為透過了西部敘事的歷史化能獲得更多觀眾青睞的原因。讓懷俄明因此懷了惡名，彷彿可以讓其他人——同志與非同志——都鬆了一口氣：好在我不是活在那裡的人。

如果馬修是在舊金山、或紐約的一位受害者，他的故事勢必不會得到相同的注意。美國多數民眾永遠在等待下一個「我」與「他者」對立的故事來暫時化解心中的恐懼，以確定知道自己不處在他者的位置。

同志櫥櫃豈如賽菊寇所說，只有面對自己性傾向的那一座而已？絕大多數的同志在面對恐同暴力時有如面對另一個自欺欺人的櫥櫃，認為是受害者自己招搖而惹來殺生之禍。從某方面來說，馬修・謝柏成了一個永遠的他者，被凍結在一個西部的場景中。傑克與恩尼斯亦然。

由於在懷俄明州無法將凶嫌以恐同暴力犯罪起訴，馬修的最後一晚離開酒館後究竟發生了何事，無法在法庭審問中得知。這不禁讓人想到，小說與電影的《斷背山》中，傑克成為恐同暴力下的犧牲者亦沒有明說，只是透過恩尼斯的恐懼與揣測。

這樣的線索仍是有曖昧與保留空間的：傑克的死可能純屬意外，一切不過是恩尼斯自己的想像而已。死者無聲，被隱沒的不只是死因的真相，還有異性戀陽剛父權社會的壓迫。

從馬修・謝柏到傑克，何以這些他者的鬼魂在新世紀初便充斥了同志文化？我們需要什麼樣的敘述來解放他們的故事？還是，這些幽靈將繼續徘徊籠罩著美國西部神話？

那一雙搧動彩虹的翅膀

——我看《美國天使》

《美國天使》[1]分上下兩部：〈天禧將近〉與〈重建〉，劇作家東尼．庫許納以近代劇場少見的格局氣魄，寫下這部震驚世界劇場、引起廣泛討論的史詩劇。故事表面上是描述幾位同志在世紀黑死病ＡＩＤＳ蔓延初期面臨的恐懼，與生離死別下的情感糾葛，但這絕不僅僅止於一齣同志劇而已。

我給予這齣戲高度肯定，是因為它是近半世紀來少見的、讓人醍醐灌頂，深具啟蒙意義的「政治劇」。雖然時空場景設定在雷根主政的美國八〇年代，但是從幕啟時，猶太牧師對一東歐移民老婦之死的一番哀悼詞中，已經渲染出一個更大的故事背景，關於這個世紀的離散、背叛與壓迫。

庫許納的同志觀點不是小情小愛，而是企圖切入歷史的真相。劇中五位男同志形成的不只是同志文化中，從陰柔到陽剛的性別光譜，更有多層的權力階級結構。這當中每一個人的膚色、宗教、職業、以至於HIV陰性陽性的健康狀態，都影響著角色的位階，同志王國裡看似惺惺相惜的共和假相亦被揭穿了。當劇中一位猶太裔同志發飆：「美國沒有天使，美國沒有精神的歷史，沒有種族的歷史，只有政治的歷史……」然而他的黑人「姐妹」立刻不以為然：「我的祖先是帶著腳鐐被奴隸船運來的，我在同志圈內是有色人種加變裝皇后，難道我們的被歧視、被壓制不算歷史？」姐妹二人當場翻臉。族群中還有族群，情結中纏繞情結，分裂在這個看似多元的時代，時時上演。

1〈天禧將近〉(Millennium Approaches)、〈重建〉(Perestroika)：《美國天使》(*Angels in America*，一九九三)，東尼・庫許納（Tony Kushner）。

在八〇年代初、同志瀕臨滅絕的存亡之秋，庫許納創作此劇意不在物傷其類，而是在世界大戰的記憶已遠、人類社會進入高度開發新文明的時刻，他看到可怕的災難正緩緩降臨——不光是病毒絕症，而是政治權力的操弄帶來的腐敗氣息，亦如病毒般蔓延。

真正要領會這齣戲的精髓，勢必要對政治有所關心，尤其是對美國左派右派的較勁、人權民權抗爭的過程、冷戰與雷根主義有所認識。但是類似的政治戲碼又何患難求？庫許納對極右派的擔心有理，在二〇〇四年的美國總統大選中應可驗證。在國家赤字與反戰聲浪中，小布希的選舉操作令自由派知識分子髮指：他祭出了基督教，把同志婚姻不應合法化炒成了選戰焦點，國家於是在簡單的二分法下斷裂對立。

庫許納將副題名之為「一齣關於國家大事的同志幻想曲」(A Gay Fantasia on National Themes)，竟然十年後同志議題果真分裂了國家，是否當年庫許納早已預見？

對諂媚的政治，粉飾太平的政治，唯利是圖的政治進行批判，在過去的文學戲劇中並不缺乏。然而人類的健忘與惰性，養成了自以為超越的譏諷冷漠，早已視前輩的道德倫理為老生長談，甚至是保守反動。但庫許納把政治看到了底處，將同志觀點帶領到了一個畫時代的分水嶺，更讓一般人透過同志觀點的披露揭發，重新解讀政治行為與權力鬥爭。

而《美國天使》的企圖還不僅於此，作者將人類在地球上的紛擾，對應了臭氧層的破裂，以此一自然天象暗喻地球也如同免疫系統被攻破的病人，庫許納果然預言了進入二十一世紀後，天災人禍頻傳的黑暗來臨？

此外，庫許納更把猶太教、基督教、摩門教置於一爐，以他們在歷史上受過的迫害，襯托同志族群的憂患，強化了他以同志觀點解構歷史真相的說服力。希特勒的種族屠殺先由政治操縱為其鋪路，而同志面對雷根政府在AIDS蔓延初期採封鎖冷漠回應，發出孤絕哀鳴，亦是政治與意識形態攜手造成。猶太教、基督教、摩門教在遭受迫害的過程中，都曾有過大遷移之舉。庫許納以三教藉以重生的「旅程」，暗喻同志「出櫃」亦是同樣艱辛流離的一種遷徙與流放。《美國天使》不光只有充沛的批判熱力，更處處暴發類似驚人的文學想像！

《美國天使》還有一點深受到矚目，那就是主人翁羅伊・康[2]是真有其人，一般美國民眾對他最深刻的印象就是在五〇年代，他年少得志，在有名的「抓巫婆」政治行動——「不愛美國調查委員會」（The House Un-American Activities Committee）中擔任要職。以共和黨參議員麥卡錫[3]為首，羅伊・康與調查局局長胡佛[4]為其左右手的三人幫，除了打擊左派分子，更對同性戀加以威脅迫害。

但事後最令人震驚的發現則是，這三人皆為同志，羅伊・康並在一九八六年因愛滋病過世。美國戰後最動搖國本的一項政治鬥爭，竟由三位隱藏櫥櫃的「櫃」中密友策畫執行，這個日後被揭發的事實，完全改寫了許多人以往對政治的解讀，更是嘲諷了許多男異性戀者對「權力＝陽剛崇拜」的盲目。這個權力核心以法西斯的偏執包裹男同志情慾，真不是能用一般單純的意識形態可一言以蔽之！

劇作家庫許納便以此線索發展出《美國天使》的骨架，以羅伊·康為中心牽出數條虛構的故事。羅伊·康暗戀手下，英俊已婚的摩門教徒喬，而喬亦是隱瞞自己性向的同志，妻子哈玻在這個謊言構成的婚姻中不知所措，終於罹患嚴重憂鬱症。喬在辦公室廁所邂逅路易斯，後者男友普來爾染愛滋，路易斯在恐懼與歉疚中決定與普來爾分手。被拋棄的普來爾在孤獨病中開始聽見天使召喚：愛滋病者乃是上天使者，要為這個世界帶來重要消息……

而這個重要訊息是什麼呢？在美國百老匯初看此劇時，心折於劇作家滔滔

2 羅伊·康（Roy Cohn）。
3 麥卡錫（Joseph McCarthy）。
4 胡佛（J. Edgar Hoover）。

不絕的才情，反覆咀嚼後，更感動於庫許納批判與寬容兼具的心胸。

注意英文劇名中的天使是複數，所以劇作家所指絕非從天而降的那位天使角色而已。劇中七位角色，其實都互為彼此的天使。天使並不一定就是福音與愛的化身，天使有憤怒也有悲情，重點就在於每個角色在孤獨恐懼中盲目摸索，但是當彼此交會之際，他們都企圖為對方、或為自己找到救贖的可能性。即使是反派的羅伊·康彷彿是撒旦的象徵，但不要忘記撒旦也曾是天使，因野心遭貶懲不得翻身後，矢志與上帝為敵。羅伊·康對喬大力拔擢，雖仍不脫權力布局的野心，但卻也是混合了父愛與情慾的真性情流露。

庫許納對羅伊·康之死在舞台上並未刻意醜化，被溜進病房偷藥的路易斯目睹時，他亦不敢相信一代梟雄就這樣平靜地走下舞台。庫許納顯然想提醒我們，寬容與和解勝過替天行道，悲情控訴不如前瞻「重建」。即使大結局的樂觀在事隔十年後，不免讓我們有些惆悵，愛滋仍無疫苗，宗教族群衝突不斷，但是庫許納以一部作品之力，挑戰了幾世紀來對權力、性別、歷史的僵化觀點，不正已從黑暗、仇恨中跨出了第一步？

一切的仇恨都根源於無知、一切的政治操弄都隱含著恐懼。當劇中羅伊·康被醫生告知已染愛滋時，庫許納寫出了一段令人拍案的精彩台詞，如果把其中「同性戀」字眼換成任何一個弱勢團體，這段台詞可以更廣義地被詮釋為骯髒政治的最高指導原則：「同性戀不是跟男人上床的男人。同性戀是白忙了十五年仍不能讓反歧視法過關的那群人。同性戀是見不到大人物、大人物也不想見的一種人。」在這些每天呼吸權力春藥的政客眼中，扭曲與煽動無非唯一他們可相信的真相。但是他們如此的恫嚇他人與掩護自己，難道不是透露著他們一定有（自認為）不可告人的把柄？在杯弓蛇影中自欺欺人、自作自受？

相反地，普來爾原本被愛人遺棄，身心受創而自怨自艾，在一般人（或羅伊·康）的價值觀中大概就是最低等的了。但是普來爾反而在接受了「使者」的任命後，成了全劇中一股前進的力量，他再不需要隱藏自己，更反諷的是，羅伊·康死得孤孤單單，竟只有來偷藥的路易斯為他死後祝禱。

《美國天使》打破了我們以為政治權力莫測高深而對之心存的敬畏。其實就是躲在陰暗處的一幫人，在覬覦他們從無法抬起頭欣賞過的彩虹罷了！

冷靜得恐怖

——奧茲的文字暴力

如何為喬依絲・卡洛・奧茲在當代美國文學中定位，是一個沒有簡單答案的問題。

四十多年前盛傳她是諾貝爾文學獎的熱門人選，直到黑人女作家童妮・摩里森摘下桂冠，亦隨著葛蒂瑪、辛波絲卡、葉利尼克[1]等女作家相繼獲獎，奧

1 娜汀・葛蒂瑪（Nadine Gordimer）。維斯拉瓦・辛波絲卡（Wislawa Szymborska）。艾芙烈・葉利尼克（Elfriede Jelinek）。

茲與諾貝爾可說漸行漸遠。一九六三年奧茲出版第一本短篇小說集《北門邊》，之後六年間連續又推出了長篇小說《顫慄的墜落》、《紅塵花園》、《浪費的人》、以及真正讓她聲名大噪的《他們》[2]，在彼時的時空點上，奧茲的崛起文壇果然令人對女性作家的書寫產生新的期待。

她早期的作品冷峻細膩兼具，尤其擅長社會萬象式的全景透視，以《他們》一書為例，奧茲踏出同一代女性作家的情感家庭婚姻的題材範疇，針對「白種垃圾」（white trash）族群——低收入的浪蕩白人——為描寫對象，襯以底特律大暴動的背景，雖是家族史式的男女糾葛的題材，卻多了一份剖析美國社會中暴力傾向的力道，至今仍是奧茲最具代表性的作品。

然而七〇年代以後的奧茲，卻在某種程度上成了一個謎。她發了瘋似地寫，什麼都寫，從時裝雜誌專欄到報紙社論，從舞台劇劇本到通俗偵探小說，同時她還是普林斯頓大學的教授，沒有人知道這個看似孱弱、行事又低調的女子，怎麼會有這樣大的精力？

到二〇〇五年為止，她總共已出版了長篇小說三十七部、短篇小說集二十七本、中篇小說五本、評論文選八本、詩集八本、以及化名「羅莎蒙・史密絲」所寫的偵探小說八部、更遑論由她主編的文選小說選不計其數。一九八七年奧茲用筆名「羅莎蒙・史密絲」[3]出版了一本通俗偵探類型小說《孿生劫》[4]，不料保密工夫不夠，很快便讓媒體發現了她這個「分身」。她解釋用筆名就像是換了一種想像力，不是因為羞於讓人知道她跨行通吃。當時她對紐約時報記者表示，她以後不會再嘗試用筆名了。但是「羅莎蒙・史密絲」之後

---

2 《北門邊》（*By the North Gate*，一九六三）；《顫慄的墜落》（*With Shuddering Fall*，一九六四）；《紅塵花園》（*A Garden of Earthly Delights*，一九六七）；《浪費的人》（*Expensive People*，一九六八）；《他們》（*Them*，一九六九），喬依絲・卡洛・奧茲（Joyce Carol Oates）。

3 羅莎蒙・史密絲（Rosamond Smith）。

4 《孿生劫》（*Lives of the Twins*，一九八七），羅莎蒙・史密絲（Rosamond Smith）。

又陸續出版了七本小說。二〇〇三年，奧茲又被發現她的新分身，「羅倫・凱莉」，這回寫的是羅曼史加謀殺：《帶我走，帶我一起走》，以及《偷心》[5]。

讓人更頭大的是，當中雖然題材五花八門，卻都還能維持一定的水準。她聰明過人，知識淵博，文字功夫沒話說，但是在多產、議題先行的情況下，重複再所難免。怎麼會有這樣一位作家，幾乎是以傾銷手法在迫使我們不得不正視她的存在？

編故事這件事，從我三、四歲時就已發現到，是一種對自己訴說的方式。一個畫面接另一個畫面，一串文字生出另一串文字。像夢境一樣，我們說出來的故事，同時也是我們的故事。

——〈故事就是我〉，奧茲，一九八二

書寫故事是奧茲克服存在的焦慮的一種方式。

奧茲的文字世界複雜離奇，我們可以想像，她一方面已能駕御任何題材，但是所有這些書寫仍讓她無法感覺存在的滿足。從她一出道，她便極力抗拒「女作家」這個標籤，同時強調自己的女性主義立場，是建立在打破區隔，跨性別與跨種族之上。她企圖塑造一種男性化的文字風格，刻意避免情緒，對於題材生冷不忌，無論美醜善惡，總以一種持平的、帶了分析式的科學興趣加以層層剖析，以證明自己絕無所謂的「女性濫情」。但作為一個藝術家，如此抽離情緒、壓抑觀點，是否也是對所謂的超越，另一種過度濫情的堅信不移？

不能透露自己，文字的包就裝成了奧茲最懾人的奇觀。以二〇〇三年的《強暴：一個愛的故事》[6]為例，一開頭便像是在倒放監視錄影帶一樣，機械性

5《帶我走，帶我一起走》（*Take Me, Take Me With You*，二〇〇三）；《偷心》（*The Stolen Heart*，二〇〇五），羅倫・凱莉（Lauren Kelly）。

6《強暴：一個愛的故事》（*Rape: A Love Story*，二〇〇三），喬依絲・卡洛・奧茲（Joyce Carol Oates）。

地重覆「在……之前」，（可惜在中譯本中，譯者自行把時間先後順序重新排過，完全破壞了開場的效果）一方面是藉短促破碎的句型造成故事的壓力，另一方面也彷彿是作者藉這樣的敘述方式，讓自己進入一種不介入的觀察角度。

奧茲不呈現自我，卻總愛如此潛入他人的主體，這樣的手法大概在中篇《黑水》[7]中運用的最為成功。

該作是以泰德．甘迺迪在一次出遊中棄車、任由女伴在車禍後隨車沉潭的新聞事件為題材，以那位名不見經傳的女子為敘述者，描寫了溺死前最恐怖的關頭。這篇作品的成功在於隱喻了甘迺迪家族一再遭暗殺疑雲籠罩的美國政治黑暗，非因對無名的女主角有深刻的心理刻劃。

奧茲極愛以新聞事件為題材，愈冷血黑暗的事件愈能引起她的興趣。以威斯康辛州同性戀殺人狂傑佛瑞．當莫[8]為本的《行屍走肉》[9]，奧茲創造了一個出生良好，卻妄想擄養一堆動了腦部切除手術後的「行屍走肉」作為他洩慾工具的變態狂魔，要暗喻美國社會變態的用意明顯，壓過了對這個角色更深一層的理解。但當這個類比顯得有些牽強時，讀者可能想反問奧茲：為什麼妳會對這些變態的人感興趣？

> 「妳的作品為什麼總是這麼暴力？」眾所周知，嚴肅作家的工作是不同於藝人或政治宣傳家，他們的題材來自這個複雜多樣的世界，有時講善，有時談惡，所以對我提出這樣的問題，不僅是侮辱，更是性別歧視。
>
> ——〈妳的作品為什麼總是這麼暴力？〉，奧茲，一九八一

7《黑水》（*Black Water*，一九九二），喬依絲・卡洛・奧茲（Joyce Carol Oates）。

8 佛瑞・當莫（Jeffrey Dahmer）。

9《行屍走肉》（*Zombie*，一九九五），喬依絲・卡洛・奧茲（Joyce Carol Oates）。

芙蘭納莉・歐康諾著名的短篇小說〈好人難尋〉[10]十分暴力，一家人出遊，卻莫名其妙碰見逃亡罪犯，結果全成了槍下冤魂。女性作家描寫暴力常有出色的表現，文章開頭提到的幾位諾貝爾獎獎女性得獎人，也常以暴力描寫震撼人心。莫瑞森筆下的黑人男性暴力，葉利尼克的女性暴力都成一家之言，那麼奧茲對別人批評她對暴力著墨甚多，為何如此在意？

問題可能還是得回到文字作為她存在焦慮一個出口這件事上。

前面已略討論了她愛以暴力新聞為素材，但奧茲還有一項特色，就是他對誌怪（Gothic）小說的情有獨鍾，時常藉改寫或採拼貼方式，重塑當代誌怪小說樣貌。她一篇常被文集收錄的短篇小說〈妳要去哪裡？妳曾去了哪兒？〉（Where Are You Going? Where Have You Been?），便是將搖滾樂與撒旦崇拜兩個時空並置。死亡、血腥、黑暗、墮落固然是文學家不能忽視逃避的題材，但是奧茲的暴力說到了底，仍是從文字（以及文類）中體會提煉出來的，必須要有其他的指涉，譬如對其他作品，或是對文化符號的重新詮釋。二〇〇〇年的《金髮尤物》[11]，便是以瑪麗蓮夢露為藍本，算是她近年來最成功的恐怖小說。但是她這種暴力恐怖，究竟是一種文字的挑逗？還是有更深層的關懷？

文字可以帶領奧茲到任何地方，但彷彿總是走不出文本架構起來的世界。她的世界無非總是文字，她用她的文字去理解世界，去完成對世界的想像拼圖，但這個世界卻又太秩序井然了一些，缺少了反諷。暴力永遠就是暴力，沒有迂迴曖昧的餘地。

既然她已表明「故事就是她」，拿掉了這樣的書寫，奧茲便要崩塌。她的暴力書寫不是關於這個世界，而是關於一個作者。

更或者可以這麼說，這種恐怖暴力，是唯有長年生活在文字中的寫作者才

---

10 〈好人難尋〉（A Good Man is Hard to Find，一九五五），芙蘭納莉・歐康諾（Flannery O'Connor）。

11 《金髮尤物》（*Blonde*，二〇〇〇），喬依絲・卡洛・奧茲（Joyce Carol Oates）。

最能體會的，根本就是書寫本身的一種恐怖！

> 到底文學是個體在爭相表述真相的多面，好像在競賽一般無法掌控的一種過程？還是它根本不存在，只是評論家與教授、百科字典編者所發明的一個分類？
>
> ——〈論七〇年代的小說風格〉，奧茲，一九七二

二〇〇六年我認為奧茲後期的小說著眼於暴力書寫，但「缺少了反諷」，「她的暴力書寫是關於一個作者」，甚至「這種恐怖暴力，是唯有長年生活在文字中的寫作者才最能體會的，根本就是書寫本身的一種恐怖！」結果在二〇〇八年推出的這本《狂野之夜》[12]中，她就拿這個做起文章。聰明如奧茲在年屆七十之際，竟然能突破了我當時認為她陷入的創作瓶頸，更可喜的是，多了反諷幽默，閱讀起來是一種邊讀邊打冷顫，卻又忍不住莞爾的奇特經驗。

尤其是如果你自己也是個創作者的話。

我其實公開在文章中說過，我不贊成在一本文學作品前面加上一種叫「導讀」的東西，尤其是台灣的導讀風氣之盛，評論者丟出幾個文學術語，讀者懶惰地照指示囫圇吞棗，這簡直是升學參考書文化的延伸。文學閱讀不是靠分析才能理解，而是因先心有所感、被其震撼，我們才需要進一步理解自己為什麼被感動，必要時藉一些分析為的是有助釐清並記下自己的心得。

我原本只是好奇心驅使，想看看奧茲又寫了什麼東西；讀完這本《狂野之夜》後答應寫點東西，與其說是為讀者劃重點，不如說是我跟奧茲的對話。

於是，我出現了第二個反應：我究竟要談奧茲的文字已經爐火純青？還是分享創作其實是一種非常恐怖的驅魔儀式？

12《狂野之夜》（*Wild Nights*，二〇〇八），喬依絲・卡洛・奧茲（Joyce Carol Oates）。

《狂野之夜》中的五個短篇，分別虛構了愛倫坡、馬克・吐溫、愛蜜莉・狄金遜、亨利・詹姆斯、與海明威晚年的一段恐怖瘋狂且不堪的奇想。從虛構作家生平著手，作為自己身為創作者對創作與人生的一種體悟，不正是奧茲在抵抗「作家」這個長久以來被迷思化的身分、以及作者自我迷思化所帶來的孤絕與瘋狂？

不敢說英雄所見略同，這也正巧是我從二〇〇九年起，每月在《聯合文學》所寫的創作專欄〈收放〉所探索的主題呢！我在每篇中虛構與文壇巨擘身邊人的一場相遇，探討創作者在面對文字與真實世界時收放的兩難。

我與奧茲竟然都企圖對「創作」與「作家」作一種分割與解剖，難道除了巧合外，沒有其他的解釋嗎？

我發現是有的。我們都在大學中教授文學與創作，我們都橫跨了許多文類，我們都寫小說、寫評論、寫劇本、題材從純文學到流行文化不拘，我們亦學院亦古典亦現代亦社會，我們都不相信作家只有一種身分，雖然我們都感受到我們的生命是用大量文字堆砌出來的，但同時也抗拒文字就等同於我們的人生。

但是許多作家不願承認除了書寫他們一無所有這個事實，他們最後只想成就「女性主義小說家」、「後現代小說家」或「情色詩人」這樣的定位。

奧茲瘋狂的寫，產量驚人，似乎就是在破除在她身上加諸任何一種標籤的可能。作家的自苦與創作的神祕對她來說正是驅魔的目的所在。她向世界大聲召告：我可以一直不停的寫！沒有靈感只是藉口！我不在乎我的名字究竟是叫「羅莎蒙．史密絲」、「羅倫．凱莉」還是奧茲！你們除了我的作品外，對我的個人一無所知！

儘管我們在想法上有共通點，但到底我沒有像她那麼激烈絕決，也許因為我不是身為女性，少了奧茲會被人以「女性作家」看待的不平與氣憤。氣嘟嘟的奧茲這回卻露出了狡黠的微笑。

書中的五位作家中只有愛蜜莉．狄金遜一位是女性，生平低調的女詩人成了一個照比例縮小的複製人，被當作寵物般被一上流家庭購回，因為平庸的女主人企圖一窺女詩人創作的奧祕，幻想自己多接近愛蜜莉．狄金遜就能寫出詩來。而男主人呢？……

我不可以公布情節，破壞了讀者接下來的閱讀樂趣。但只能說，即使是女性主義意識鮮明的題材，奧茲也能處理得趣味橫生，不偏不倚，既戳刺了作家的迷思，也挖苦了讀者。

要有一定深厚的文學素養，才敢碰觸這樣的題材，但奧茲除了在寫海明威的江郎才盡時用了意識流與實驗性的拼貼外，其餘幾篇用的都是平易近人的寫實手法說出一個饒有深意的有趣故事。其中亨利．詹姆斯那篇最令我吃驚，因為奧茲從一開始仿詹姆斯式的娓娓道來風格，不費吹灰之力就讓整個故事慢慢轉向卡夫卡式的怪誕。

一路讀下去，我終於發現奧茲的企圖：每篇故事其實都是一個恐怖的道德寓言。

戒傲慢、戒妒忌、戒暴怒、戒懶惰、戒貪婪、戒貪吃、戒色慾。文學創作是一種有罪的行業，如果你以為用文字就可以合理化或逃避了你身為人的弱點。

在讀奧茲新作的同時，手邊也正在翻著張愛玲的《小團圓》[13]。

我在一次公開演講中曾說：張愛玲可惜了！她後來只想著怎麼做「張愛玲」而不是在寫享受創作。看了《小團圓》書前公布出來的書信往來，我以為如果她認為這是一部有分量的作品而非「張愛玲的作品」，何苦又在乎「無賴人」會不會因為這部作品的出版而興風做浪，甚至擔心反而給了「無賴人」翻身的機會？

另一方面，作家的生平究竟需要被保護到什麼程度？我真想學奧茲乾脆虛構一篇張愛玲有偷竊狂的小說，只是中文世界的讀者有沒有這樣的幽默感呢？

13《小團圓》，張愛玲，二〇〇九。

可惜奧茲不知道有張愛玲這號人物，否則還真想聽聽她的想法。

馬克・吐溫的戀童癖、亨利・詹姆斯的同志櫥櫃、海明威的酗酒與好色，這些都只是人性的一部分。奧茲難得的一點便在於她完全不讓人有滿足偷窺慾的機會，作家的人生困境不必當作爆料醜聞處理，在她的神準的刻劃下，我們看到文字可以驅魔、可以召魂、亦可以昇華寬恕的一場精彩演出。

part III

激扯浪潮下
尋找一塊堅穩的土地

張愛玲與夏志清

張愛玲去世後，她生前曾與台灣文學界有過的書信往來，許多都已被公諸於世。這其中固然哀悼之意有之，但也都不免透露著通信者對張愛玲隻字片語的珍惜，在她長期神祕隱居的後半生，深感有幸能與這位世紀才女有過接觸。但若從對張愛玲生平研究的角度來說，真正具有價值的恐怕只有張與莊信正先生，宋淇夫婦與夏志清教授的通信，因為張愛玲與這三位的「交情」特殊。

張搬抵洛杉磯後，莊極盡照料協助重任，就連莊本人舉家遷往紐約前，都相當謹慎地將此一重任交託另一位文學圈外人，也就是最後擔任張愛玲遺囑執行人的林式同先生。而莊信正先生與張愛玲的信件已經整理出版，實為張迷們不可或缺之資料。而宋淇夫婦與張愛玲亦交情匪淺，早在張的香港時期，宋淇（林以亮）先生便為張愛玲開拓了電影編劇的另一事業，日後張愛玲的作品重新在台灣交由「皇冠」出版，宋淇夫婦也扮演了近乎經紀人兼祕書的腳色，為張處理了大大小小雜事。宋淇夫婦長年多病，對張愛玲的事情卻從未怠忽。張愛玲逝世後，她的作品版權繼續交由宋先生之子處理。雖然近幾年，在版權執行人宋以朗的奔走下，我們又看到張生前未曾發表過的作品出土問世，但他的父母與張愛玲的通信至今尚未聽說將披露發表的訊息。

夏志清與張愛玲的通信，無疑是當前研究張愛玲不可缺少的一塊拼圖。如果莊信正與宋淇，一個曾是張生活中的親信之人，一個便是張中文寫作上長期的諮詢。張愛玲赴美後企圖闖盪英語文壇卻美國夢碎，工作顛簸崎嶇以致經濟困窘的這一段期間，一直在盡力為張寫推薦信覓職、打聽出版社、並將對張的作品評論以大篇幅寫進他英文鉅著《中國現代小說史》[1]的，正是夏志清教授。而他與張愛玲的通信件數多，時間長，而也是最早於《聯合文學》開始分批連續發表的。但是當我於二〇一二年感恩節後致電，問候夏教授與師母與聊起這批書信時，夏教授卻告訴我他與張愛玲這一生只見過兩三面，問起張愛玲本人說話口音與打扮時，夏教授已毫無印象。

那老師決定將這些書信出版，是基於什麼考量呢？我問道。

To tell the truth。夏老師以英語這麼回答：她真可憐，身體這樣壞，總是來信要求我的幫忙。

但是她不跟您見面？

不見面。

我和夏教授與師母在電話上又繼續聊了很多，但是在我的心裡一直揮之不去的聲音，卻是夏教授在每封信後整理出的按語，那樣熱情慷慨的語調，對張愛玲始終樂於相助的愛才之情。

1《中國現代小說史》（*A History of Modern Chinese Fiction*，一九六一），夏志清（C.T.Hsia）。

您會不會因為張愛玲在來美國之後，並未寫出更多好作品而感到失望過呢？我又問。

答案是不假思索的一句：從沒有失望，也沒有後悔。但還是要補上一句，她實在是很可憐。

●

在我們通電話時，夏教授才剛把張愛玲的最後幾封信找出來，仍在做最後的整理。幾天後師母將一九九四年張愛玲寫給夏志清教授的最後一封，掃描成了電子檔，寄給我做紀念。我讀到「想多少寄張賀年片給你，順便解釋一下我為什麼這樣莫名其妙，不乘目前此間出版界的中國女作家熱，振作一下，倒反而關起門來連信都不看」這一段時，我不免感覺有些「齒冷」（套句張愛玲的用語）。她這裡提到的女作家熱，指的就是譚恩美《喜福會》[2]大賣後的那一波，沒想到張愛玲至此還未放棄能在美出版，想要「振作一下」。或者說，她眼中一直還望著叫好又叫座的那些女作家當成指標。夏志清教授對此也曾為她找到理由：「她是窮怕了，一直在擔心沒錢。」

張愛玲與夏至清的書信往返，多數都透露出她的生活充滿了各種壓力，來自寫作的、健康的、經濟的這些辛苦，讓她在信中不時出現充滿焦慮恐慌、甚至狼狽的精神狀況。一般的張迷，大概很難體會張愛玲被美國極度資本主義遊戲規則搞得不知所措的景況。這批書信中，張愛玲少與夏志清談及私事，內容總不外乎打聽著任何可能的敲門磚，拜託夏志清幫她與美國出版社拉線，為她介紹工作。如果拿她給夏寫信的語氣，對照著與莊信正寫信的口吻，應當會有一個有趣的發現，那就是與前者的書信中，張總是非常直來直往，所謂的 business-like，生意交涉的口吻；反之，與莊寫信的語氣要相對平和親切與客

2《喜福會》（*The Joy Luck Club*，一九八九），譚恩美（Amy Tan）。

氣。這不免提醒了讀者們，雖然大家興趣的重點是在張愛玲，但是若不瞭解張寫信的對象是何許人也，恐怕很難對張愛玲有更近一步的認識。

也許有人會認為張愛玲對於賞識她的夏志清有點不近人情，我在讀完整批信件後發覺，也並不盡然如此。張愛玲初來到美國，何嘗不想融入當地成為道地美國人？因為夏志清教授在當年的華人圈中，已算是打進美國社會的佼佼者，英文著作頗得好評，又任教於哥倫比亞大學，擔任美國諸多文化基金會的審議委員，所以在張愛玲心中，她是以她心目中的美式風格在與另一位「美國教授」打交道。

這位「美國教授」視她為大作家，而她的英文小說《秧歌》也甫出版評價不錯，所以她一開始把自己定位成美國作家，與夏志清平起平坐。但在與莊信正認識時，後者是才拿到博士學位的後輩，而她在美國多年一無發展，已沒有當年自詡美國作家的姿態，而她在生活上有勞莊信正處甚多，所以她更像是以一位前輩中國作家的身分，建立起與莊信正生活上的聯繫，自然兩者間有所不同。張於一九六六年七月一日之信中甚至特別「提示」夏志清：「另有一項『私人還是職業上關係』，我想好在我們見面次數少，不如就寫職業上，作為批評家與作者關係。」張愛玲似乎非常在意這個分際拿捏，連夫婿賴雅過世的消息，也只是一句話交代過去，未對夏志清表露任何情緒。

也正因為如此，透過與夏志清的書信，我們才難得一窺張愛玲性格中既愛強烈主導，卻又信心脆弱之間的矛盾。她在中國／台灣讀者眼中，有一種孤傲淡然，在美國的她卻顯現出另一種積極現實。我們發現她其實也懂得善用各種關係，尤其表現在她積極尋求出版機會上，她幾乎每一封信中都對夏志清有所請託與要求，夏也盡心透過許多管道協助她，包括拜託更多重要批評家與學者讀她的作品，自己貼錢付她翻譯費，寫各類推薦信等等等。

她不是不懂得把握機會，如雷德克里芙女子學院的院長路過芝加哥，她從俄亥俄州趕往伊利諾州，在機場與對方匆匆一晤。但是若當對方待她並無想像中熱烈，她便急速退縮，最後徹底把自己封閉了起來，甚至得罪了不少人。

聰明過人的她，自有她對美國的一番想法。然而，從她與夏志清早年的通信中，我們或許會發現張心目中的美式風格，大概就是從電影中得到的在商言商，就事論事的態度。如果她真正廣泛接觸美國社會形形色色，就會發現她的美式印象有點一廂情願。美國人一樣愛搞小圈圈，一樣貪小便宜，一樣愛聽好話與勢利眼。

她與幾位跟自己接觸過的美國名人，如漢學家韓南[3]、小說家楚門．卡波提[4]等，自是有心進一步結交，但都無寂而終，到頭來在美國願意幫助她的人，還是限於敬重她中文小說成就的幾位華人了。即便如此，能如夏志清一般包容她的人——更重要的是，她也要覺得對方可以同她平起平坐的人——畢竟不多。

她被陳世驤教授解雇後所寫的那一封，信中委屈的自我辯護，對許多張迷來說，可能是極難想像的一種窘境。夏志清教授並未向我提到是否陳世驤另有說辭，只說張愛玲不懂得討主管的歡心，只在夜裡上班跟陳世驤幾乎不碰面，而陳是喜歡有人逢迎的，而且他並沒把張愛玲當成什麼作家，雇用她就是來做研究工作。張愛玲獲得這份工作是夏志清的推薦，這樣的結局多少也讓夏有點吃驚，更瞭解了張的脾性，之後也難再為她推薦工作了。

張愛玲自己勾勒出的美國夢，從這時開始便出現越來越多的綻裂。她似乎一直沒法適應，在美國凡事都要以生產利益為考量，沒有生產價值的天才是註定的悲劇。出版界要看的是這本書能不能有市場，擔任研究員或駐校作家要有最後的結案成果。張愛玲抱著《海上花》申請到幾次英譯計劃補助，終也無法完成，這條路也因此不中斷。

●

張的來信中出現越來越多關於她的病痛與反覆就診的敘述。在美國，全

3　韓南（Patrick Hanan）。

4　楚門・卡波提（Truman Capote）。

民健保一直到二〇一二年才在歐巴馬的任內通過，像張愛玲這樣沒有醫療保險的人，只好長途跋涉找到類似公立衛生所那樣的地方就醫，每看一次病就是一整天的折騰。之後，有關在美國出版的話題在兩人通信中也漸漸退場，取而代之的是她讀台灣副刊的零星感想以及偶爾與台灣文壇的互動。獨居生活本就艱難，卻又堅持離群遁世，結果如不斷的惡性循環最終一步步摧毀了她。「張愛玲的晚年，身體與精神都不是健康的。」夏志清做了這樣的註腳。

研究張愛玲的學者及讀者，多數還是著迷於她上海時期以及香港時期的作品，對於她到了美國後所發表的作品，以及她的遭遇，顯得比較冷漠。我們或許也可以說，包括〈色．戒〉[5]、〈同學少年都不賤〉[6]在內的那幾篇都不若先前作品精彩，而她的英文創作也不是中文學者所能置喙。但是張愛玲人生中的美國這段，對「張愛玲研究」來說究竟重不重要？

我看著最後一封來信的掃描檔，張愛玲那獨特的、拘謹瘦小的字跡，心中湧起一陣悲涼。

美國（或西方）眼光對中國（或東方）相關題材的偏頗，要與政治、性或暴力掛鉤才會獲得西方青睞，她應早就看穿。卻在看見《尹縣長》[7]英譯出版後獲好評時，她事後也自知不妥地發了一頓不平之鳴。花了那麼大力氣一再改寫〈金鎖記〉，先是寫成英文《粉淚》、再改成英文《北地胭脂》、再翻譯成中文《怨女》，難道她沒有發覺她的生活封閉，已無題材可寫了嗎？

直到今日，西方學界與讀者對我們中文世界這位風靡不衰的才女仍不熟悉，除了上述提到的西方的眼光偏頗外，還有其他的解釋嗎？這就牽涉到長時間以來，中文作家還是會在意西方評價的一種心理，否則諾貝爾文學獎不會年年被關注。在二十一世紀讓西方重新評價、或真正認識客逝美國的張愛玲仍然

5 〈色．戒〉：《惘然記》，張愛玲，一九九二。

6 《同學少年都不賤》，張愛玲，二〇〇四。

7 《尹縣長》（*The Execution of Mayor Yin and Other Stories from the Great Proletarian Cultural Revolution*，一九七九），陳若曦（Chen Jo-Shi）。

重要嗎？

從一開始略帶強勢的姿態，談版稅談合約，談與美國出版社的接觸，一路我們讀到張愛玲的改變，也讀到夏志清一路走來對她始終如一的熱情與關心。我永遠記得初識夏志清教授時，有次聊天時他幽幽說道：「我失去過一個孩子，離過一次婚，又有一個孩子常年需照顧，但是我想老天爺是公平的，我的英文學術著作獲得肯定就是我的補償。」在一九五〇年代，一個東方面孔要在美國打出一番局面，本就是異常艱困的。夏志清教授的話現在想起來格外有意義。因為他的豁達，他的熱情，他的堅強，正是張愛玲所缺乏的。

記得電話上我還向夏教授詢問了張愛玲一九六七年夏天一個人來紐約住了兩個月的情形。分機上的夏師母這時插話了：「你們夏老師對張愛玲那真是盡心盡力。結果她到了紐約，你們夏老師要請她吃飯，她不來噯！」

夏教授沒出聲，我只好話鋒一轉，跟夏教授問了一個我藏在心裡很久的問題。「老師，當初在寫《中國現代小說史》時，有覺得漏掉什麼作家嗎？」

答案是蕭紅。「因為當時手邊有關蕭紅的資料不夠，所以先寫了張愛玲。本想之後再專門來寫蕭紅，這個題目卻被別人先寫了。」夏志清教授如是說。

半個世紀前中國現代文學曾經的風起雲湧，夏志清藉著一封封書信後的按語憶舊，引領我們重返現場，並讓我們驚見，慣於隱身缺席的張愛玲，這一回現身於一片孤野的荒原之中。

傻子黃凡

我與黃凡先生見面的次數屈指可數，但加在一起卻橫跨了近二十多年的歲月。這當中台灣文壇的變化甚鉅，從三大報副刊獨領風騷的全民必讀盛世，到網路世代興起，年輕人大量從轉貼回覆留言中發展自己的創作空間；從本土小說在書市中占盡風頭，連帶推動了文學改編電影熱潮、為台灣新電影奠定基礎，到國外翻譯小說掌握了文學讀者口味，投資理財心靈成長美容減肥長踞暢銷排行榜；更不用說在政治經濟層面的風風雨雨，連番上陣的各式選舉中，我們耗盡了熱情，開始變得冷漠躁鬱。

二十年讓一個社會改頭換面了，但對一個寫作者來說，用二十年究竟能創造什麼？

第一次看見黃凡，我才高一。他和白先勇、古蒙仁坐在台上談小說，我和滿坑滿谷的聽眾擠爆了南海路藝術館，那年他以〈賴索〉[1]拿下了時報小說首獎。大學畢業後，懵懵懂懂的我，寫下了一些關於都會年輕人感情世界疏離冷調的小說，其中一篇被黃凡選入了他主編的年度小說選，然後我們共同出席過一場座談會。之後我去國十年，直到二〇〇四年他來東華大學，為文學創作所的研究生講了一堂課，我們才又見面。

有些匆忙，卻沒有預先以為會有的生疏。我坐在台下跟同學一塊兒聽講，心裡不斷浮起的記憶，是自己在二十歲時，不認識任何其他同齡寫作的人，也不懂得拜文壇先進為師，覺得創作這條路是走不下去了。

1《賴索》，黃凡，二〇〇六。

已經打算放棄的時候，我讀了黃凡的長篇小說《傷心城》[2]。小說家讓我看到一個時代，一個我們活在當下卻失去透視、批判、想像、預言能力的時代。因為這一部小說，我又拾起了筆。也因為這樣，在文學這條路上，我始終相信文學還是能做些什麼——永遠都會有某個年輕人，可能因為一篇小說或一本書，讓他對自己與他的時代，突然有了不同的觀照與期望。

在當前普遍哀嘆文學沒落、小說已死的台灣文壇，前輩名家創作銳減，新人在強力出版包裝下也難掩焦慮。前者之中有人乾脆直接涉入政治或轉戰媒體，後者則挖空心思，擺盡姿態，企圖引起身來評論者的注意，實際上早已與讀者大眾劃清界線。但是接連讀到黃凡「復出」後的兩部長篇——《躁鬱的國家》及《大學之賊》[3]，我幾乎要說，在經過了二十年後，黃凡是讓「社會小說」這個傳統在台灣文學中不死最重要的聲音。他的作品始終展現熱情活力，無視於政治正確，不被文學理論框架束縛，令時下一些操弄表演語言議題的小說，立刻顯出某種沾沾自喜的自閉與蒼白。

收到黃凡的短篇小說書稿《貓的猜想》[4]時，我正讀完剛過世的諾貝爾文學獎得主索爾．貝婁[5]的《像他這樣一個知識分子》。平心而論，貝婁的這部作品不及他的《抓住這一天》或《赫索格》[6]，但是我依然讀得津津有味，因為仍然是貝婁的一貫風格，仍然是他的猶太人性格，仍然深刻地切入道德上難纏無解的困境。這個寫實中有荒謬，社會批判中具強烈人道關懷的聲音，在美國文壇永遠有他一定的定位與迴響。讀黃凡的新作也有同樣強烈的喜悅。

2 《傷心城》，黃凡，一九八三。

3 《躁鬱的國家》，二〇〇三；《大學之賊》，二〇〇四。黃凡。

4 《貓之猜想》，黃凡，二〇〇五。

5 索爾．貝婁（Saul Bellow）。

6 《像他這樣一個知識分子》（*Ravelstein*，二〇〇〇）；《抓住這一天》（*Seize the day*，一九五六）；《赫索格》（*Herzog*，一九六四），索爾．貝婁（Saul Bellow）。

這本集子裡雖沒有像〈賴索〉、〈如何測量水溝的寬度〉[7]那樣石破天驚的作品，但「黃凡式」的社會諷刺小說依然無人能出其右。我一直最佩服黃凡的一點，就是他的「秀才不出門，能知天下事」。以集子中〈三十號倉庫〉[8]為例，他對目前台灣藝術表演生態怎會掌握得如此貼切？他筆下前衛藝術與文化政策撞擊出的混亂、虛偽、做作，相信許多專業領域人士讀來都能會心一笑（一嘆？）。另外一篇〈聽啊！錢的叫聲多雄壯〉[9]，雖未標明完成日期，但遠遠早於扁宋會、連胡會、胡宋會之前是可以肯定的。黃凡竟然在彼時就大膽預言了兩岸的發展情勢，以鬧劇寓言方式，舉重若輕地揭發了政治只為利益鬥爭的本質。我在閱讀時，電視上正播放著連胡會的鏡頭，邊讀邊倒吸一口冷氣：小說比現實世界真實太多了！

黃凡從一九九〇年《你只能活兩次》[10]短篇小說集後，喜歡用文字直接、故事性強的方式強調短篇的閱讀樂趣，這本集子大體還是在這樣的敘事路線上發展，典型如〈作家算命師〉[11]，逗趣但不輕浮，讓我想到伍迪艾倫的電影，少了早年像〈東埔街〉[12]、〈國際機場〉[13]那種懷舊悲涼，多了節奏分明、自娛娛人的多變想像。但是我想說，底層的黃凡仍然是感傷的，但是現在的他放下文人感時憂國的嚴肅戲碼，扮起了莎士比亞劇中最聰明的「傻子」角色，這是黃凡這部小說集特別值得注意的地方。

另外如〈貓之猜想〉，算是黃凡作品中很少嘗試的題材，作者向來著眼外在社會百態的觀點，這回罕見地轉向男性壓抑私密的內心世界。貓的接來送

7 〈如何測量水溝的寬度〉：《黃凡後現代小說選》，黃凡，二〇〇五。
8 〈三十號倉庫〉：《貓之猜想》，黃凡，二〇〇五。
9 〈聽啊！錢的叫聲多雄壯〉：《貓之猜想》，黃凡，二〇〇五。
10 《你只能活兩次》，黃凡，一九八九。
11 〈作家算命師〉：《貓之猜想》，黃凡，二〇〇五。
12 〈東埔街〉：《黃凡集》，黃凡，一九九二。
13 〈國際機場〉：《黃煩小說精選集》，黃凡，一九九八。

去，女子的消失又出現，看似重複，但每一回都有含蓄的設計。作者寫出一個寂寞虛無的時代中，人們害怕受傷的普遍悲劇。表面上瑣碎平常，但是藉這場無謂的男女邂逅，黃凡恐怕更想說的是信任破滅、存在焉附？曾幾何時，自欺欺人彷彿是我們許多人僅剩的求存方式？

儘管傅柯、德希達文學理論在台灣震天價響，但是我無法不注意到，許多人對文學的看法仍舊是直線式的時間排列，永遠在等待「下一波」。殊不知社會寫實小說不可能、也不應該被後設小說取代，人物鮮活的描寫與符號意象解構原本就並行不悖。後殖民主義出現，像厄普戴克這樣的白人男性作家就需要出來懺悔嗎？偏偏在台灣文壇充斥類似的現象，作家永遠在扣緊意識形態的風向，而非社會歷史的動向。重要作家代表的是一種聲音，一種真相，讀者聽到他（她）們的聲音，開始知道文學不是符號、權力、論述而已，而是在衝激撕扯的浪潮中，感覺自己踏在一塊堅穩的土地上。

我們需要更多向社會發出聲音的小說。從八〇年代那個幾乎囊括當時所有文學獎的奇才，到今天借用莎翁劇中傻子的智慧，面對台灣社會躁鬱、畸形、泛政治化的「作家算命師」，黃凡核心的關注始終如一。

愛在耽美蔓延時
——朱少麟的小說奇觀

請以很快的速度回答我，在一九九〇年代，哪一本新人的小說曾經創下破天荒的驚人銷售數字？

沒錯，是朱少麟的《傷心咖啡店之歌》[1]。

這本書當年形成的旋風，五六年級生至今也許仍會津津樂道。何以一個名不見經傳的作者的第一本書，能讓台灣讀者突然投入閱讀長篇小說的全民活動？有人說那是湊巧搭上了網路部落格興起的浪頭，有人說是因為出版社包裝策略的成功，當然更多的書迷會更直截了當回答你，朱少麟的文筆非常與眾不同！

時光偷換何其無情，當前的台灣文學與當年已有了如此大的差異。文學獎多到沒人數得清，得獎一堆的新人卻找不到出版社願意出版，文青們靠著臉書的無遠弗屆，為彼此的作品站台背書不遺餘力，好歹維持住了一些文壇熱度。

反觀《傷心咖啡店之歌》當年的橫空出世，讓老江湖們一下瞧不出這究竟是哪種門派路數。迷離虛無的角色與主題，管他什麼主體性與身分認同這些當時台灣文化界熱中的討論，一概抽離掉之後剩下的這座咖啡店靡麗至極，文字運用之流利純熟令人耳目一新，以新人處女作而言，成績斐然。換句話說，《傷心咖啡店之歌》的題材無視於彼時文學獎或當令論述「流行」的議題，反而專致發展她個人的耽美風格，這本來是身為任何一種藝術的創作者最不可缺的獨立個性，但放在資訊過份膨脹、焦慮感成為流行病的島上看來，倒成為了一種異數。

1《傷心咖啡店之歌》，朱少麟，一九九六。

那時還沒有九把刀，也沒有蝴蝶穹風，甚至到今天絕大多數的人都沒見過朱少麟的廬山真面目。一本造成轟動與流行的小說，既無電影電視改編欲搭便車，作者也沒有一年三本打鐵趁熱。甚至，在事隔三十年後我們發現，它的作者朱少麟既沒成為瓊瑤接班人，也沒有效尤者繼續發揚她的朱氏美學。《傷心咖啡店之歌》成了一本惦惦持續長銷的另類經典，這讓我想到了鹿橋的《未央歌》[2]。曾經站（占）上過新人夢寐以求的高點，朱少麟接下來會如何發展，文壇與出版界都曾高度興趣地靜觀其變（或不變），包括我在內。

我至今仍相信，一本書就可以讓一位寫作者成為名人，但至少寫作過三本書後才讓一個人開始認識寫作。

讀完了朱少麟至今已出版過的三本小說，《傷心咖啡店之歌》、《燕子》、《地底三萬呎》[3]，我可以感受得到，在處女作洛陽紙貴後的朱少麟，對自己接下來的創作既躊躇滿志又戰戰兢兢的心情。大概每個創作者都經驗過自己到底還能夠寫出什麼，自己到底想寫出什麼，這樣的懷疑與焦慮。她的「躊躇滿志」與「戰戰兢兢」，顯示朱少麟並不以做為一個暢銷作家為滿足，但在出版了三本長篇小說後，她的眼界格局是否比《傷心咖啡店之歌》時期更成熟穩健，相信這是除了讀者之外、作者本人都關心的問題。

尤其，她的耽美風格，究竟能不能成為一種反主流角度，依然值得我們繼續細讀。

美在藝術蔓延時？

讀完《燕子》讓我想起了王爾德曾說過的一句名言：「人生模仿藝術多於

2《未央歌》，鹿橋，一九六七。

3《燕子》（一九九九）；《地底三萬呎》（二〇〇五），朱少麟。

藝術模仿人生。」朱少麟小說中的人物果真是驗證了這句話？還是文豪的名言正可做為作者創作時的一句提醒？

一位頗富神話色彩的名舞蹈家，在她的生命走向盡頭的前夕，欲作最後一次的啼血杜鵑，編排了大型舞劇《天堂之路》為她畢生所傾力追求的「美」的真諦寫下不朽篇章。一批年輕熱情的舞者在她的調教、磨鍊、關愛（肉體與精神皆而有之）之下開始思索生命，其中，第一人稱的敘述者更在舞蹈中找到了自由，說她「看見生命中最美的一段風景……感覺到了巨大的幸福」。

這是《燕子》全書的梗概。故事並不複雜，作者文思充沛，全書不乏一些可供引括的箴言，例如「因為自尊，所以美」、「讓這世界多一點美，世界就多一點自尊」、「愛的相反不是恨，是漠不關心」……等等等。讀者很難反駁這些話有什麼問題，問題是出在為什麼小說中會出現這些話。

《燕子》呈現了一個玲瓏精巧、不染纖塵的世界，做為「美」的唯一場景，有理想、青春、藝術這些千錘百鍊的動人光輝時時照耀，為舞台打上了光。但是「美」的這件事本身在這裡似乎缺少了驗證過程，雖然角色都經歷了人生的不圓滿，有人辭世、有人殘廢，但終了都只是情節的轉折，最後他們都還是回到故事開場時早已設定好的「感動」——美就是一切，彷彿那是你知我知不容懷疑的真理道路，信者得永生。

王爾德的《格雷畫像》[4]也是在談「美」，然而俊男格雷為了自己絕美的麗質付出毀滅性的代價，他的美在畫像中不朽，而人身由猙獰走向罪惡深淵，最後只剩一枯老殘頹暴斃於自己的畫像前。都是為藝術而藝術的美學信仰者，但朱少麟顯然少了一味，那就是一種挑戰階級、教條、傳統的不遜，同時還能嬉笑怒罵，與達官顯貴或地痞流氓同樂依然自我，不改本色。《燕子》中的「藝術家們」與「美」劃上了等號，但是否這只是偏狹的一種美？那些貧困的、愚

4 《格雷畫像》（*The Picture of Dorian Gray*，一八九〇），王爾德（Oscar Wilde）。

鈍的、被污蔑損壞的，是不是就被摒棄在美的感動之外呢？至於美是否一定可以讓人「感覺到了巨大的幸福」？這種宣導恐怕王爾德就第一個不贊同，他筆下的美常也是一種毀滅的力量。

要談《燕子》好像就不能不談到作者的上一部作品。在《傷心咖啡店之歌》中，朱少麟營造了一個迷離悽愴的都會角落，現實是如此冰冷，情愛是如此無解，一個類似格雷一樣神／魔／人一體的俊男海安，掀起了情感中的驚濤駭浪。但《傷心咖啡店之歌》就比《燕子》多了一份耐人尋味，原因有二。一是前作中的人物雖都年輕貌美，但他們不是「藝術家」，而是崇拜「藝術家」的一群小人物，他們也都為了這份崇拜付出了代價。原因之二，《傷心咖啡店之歌》是用全知的觀點，即使像海安、吉兒這些人物頗不尋常，全書有一種超現實的味道，把這個故事當作一則寓言故事來讀也未嘗不可。但《燕子》用的是第一人稱的觀點，敘述者阿芳的看人觀物除了推動故事的功能外，缺乏一個舞蹈家的信服力。

美國舞壇最耀眼的天才巨星之一，姬兒西・蔻克蘭在她的自傳《在我墳上起舞》[5]中有這樣一段自白：「我開始重新教育我的身體，從一塊肌肉到另一塊肌肉。我終於有機會洗掉早年學舞時留下的肢體記憶。何者該保存，何者該淘汰，這是一個急不得的過程。我這個階段已有的經驗和焦慮，使得要我承認以前根本沒有真正接觸到舞蹈藝術的重點，變得更為不易。我從來不懂得舞蹈究竟從我身體哪一部分激發出來的？亦不知一齣舞的進行從哪一點誕生。」

這段自白所揭露的，關於藝術家追求美的完成是如何真實。《燕子》採取第一人稱，但主人翁舞蹈家的身分卻與一般少女的口吻無明顯差異，甚至對舞蹈的認知與蔻克蘭南轅北轍，因為最後讓阿芳突破練舞瓶頸的，赫然是電腦網路上「沙巴女王」的故事接龍遊戲！

5《在我墳上起舞》（*Dancing on My Grave*，一九八七），姬兒西・蔻克蘭（Gelsey Kirkland）。

阿芳一再提到她是屬於沒有故事的一代，這種無力感是作為一個藝術家的體會呢？還是一般街頭年輕人的心聲呢？阿芳最後竟然放棄了舞蹈，這樣的安排顯得突梯牽強，更讓我相信小說中談了半天的「美」與「藝術」應該只是煙幕彈，角色人物骨子裡還是《傷心咖啡店之歌》裡的原班人馬。

再說，燕子是南遷北徙、擅於跋涉長征的候鳥，有著極強的方向感引導著飛行航路，作者用燕子作為全書的象徵，不知到底她看到她筆下人物與候鳥的哪一種特質具有共同性，難道又只因為燕子飛行的姿態很美？

最後還是回到王爾德對年輕藝術家的贈言：「他們最愛繪美的事物……於是錯過了半個世界。」朱少麟盡可以保留她作品中的耽美特質，但是耽美最後成就的是作者自我美化的姿態，還是作者挑戰世俗的策略，這中間的過程只能作家自己細細地體會了。

地底有何新發現？

在間隔了五年後，朱少麟才又推出她的第三部作品。可喜的是，這部《地底三萬呎》依然延續了朱少麟那種不隨評論口味起舞的姿態，至少她的書迷們絕對意想不到，這會是一本關於垃圾、罪惡、埋葬、腐敗、挖掘的小說！

朱的思想層次與觀照面較前作有明顯改變，故事設定在一個預言型的末世之城「河城」，住滿了沒有身分的一群人，「人們之所以被遣送到此，都是各種荒唐與墮落故事的結局……河城是暫時收容所的中途站，從某個角度來說確實算是天涯一方，只是缺少了浪漫。」這是個有氣派的開場，接下來是故事主人翁、河城管理者「辛先生」透露他將一段罪行告白書寫在廢棄的海報背面，告白隨著河流漂游，被居民之一，人稱「帽人」的垃圾工拾起，他的記憶開啟，介紹出「辛先生」身邊的主要人物出場：放浪形骸的妹妹紀蘭，神祕的助理君俠，孤女南晞、落魄詩人禿鷹等等。「百分之八十以上的垃圾都是多餘的包裝。

……與人無關的，不曾被人擁有過的東西，也不會成為垃圾」，「帽人」如是說。

全書分四大部，分別以帽人、紀蘭、君俠、辛先生為主角，採用類似羅生門的結構，從不同角度解開了辛先生、紀蘭與君俠之間關係的來龍去脈，以及所謂罪行的真相。作者顯然意在言外，罪行的真相只是幌子，全書還有許多支線，從墜機到考古隊，性犯罪到謀殺，作者極力為展現思考，企圖聯結出一個更大的概念：沉淪是一連串不分你我的交互反射所造成。

然而這部小說最大的優點與缺點都在此。概念該如何被鋪陳？如何才能避免龐雜失焦或牽強？究竟藉這一樁樁的迷情糾葛，如何能渲染出一種發人深省的人性透視？作者經過五年才完成的新作，值得我們用嚴肅的技巧要求來討論。

以「垃圾」、「航手蘭之歌」、「那隻鷹曾經來過」、「寧靜的星艦飛航」四部篇章組成全書，說故事接龍的趣味大過了主題上的辯證，或可以說，整個故事經過了許多的倒敘、插敘，增加了過多的枝葉，到最後概念的鋪陳顯得凌亂，相較清晰的理路仍然圍繞著愛情打轉。書中不乏驚人的意象與精彩的伏筆，但最後卻有種不了了之感。讀完後讓人確實覺得，整本書像科幻寓言，又像政治諷刺，像偵探懸疑，也似校園愛情故事，如果它以上皆「是」，而非「像」而已，那就太精彩了！但可惜的是，對這個跨類型嘗試最好的描述，就是角色紀蘭在憶及生命中幾個重要男人時想道：「君俠走路的姿勢像赫奕，赫奕的背影像阿鍾，阿鍾的正面有點像哥哥。」這段連環套竟弔詭地道破新作結構上的一些問題。

幾位男性主角的描述也似曾相識：哥哥辛先生「眉目清朗，只要打上適合的燈光，差不多就像電視上的明星一樣帥氣」。關於君俠，「全河城長得最好」「讓女人見了就想抱個滿懷，男人想搧自己一巴掌」、「沒有人不喜歡君俠」。赫奕，「那是放光的意思」，「他的確是城裡少見的好看男子」。這些男子一個模子打造出來的帥，連更多細緻些的描寫都無，以至於他們的俊美顯得呆板了。如果每個人的帥都給予更精細的刻劃，帥得具有個性智慧，而非只是皮相，那麼就可能是主題的延伸。然而，如同書中不忍割捨的許多唯美片段一樣，這些帥哥與這個「天涯一方，只是缺少浪漫」的孤城並不相容。幾位主角都心醉園藝，花兒名稱如「長夜暗菲」、「金縷馨」美則美矣，也沒有明顯的象徵意義。

「有人說，你不可能找到一條河真正的源頭，也有人說，河沒有真正的盡頭，它只是延伸進入了海洋；當你確實看見一條河，那是它最不快樂的局部，因為一段河床拘束了它，匯集了它，也顯出了它。」作者顯然有意將這段話做為角色們沒有出口的生命的一段暗喻。所有這些人的命運都相互匯流衝激，所有故事都互成表裡，如「在鏡像空間裡，我們見到了一切，因為一切被投射出來的訊息都在這兒折返。」然而這些暗喻又何嘗不能用在評論這部作品本身呢？作者思緒層層起浮推進，但也有「一段河床拘束了它」，「一切被投射出來的訊息都在這兒折返」。

換言之，再好的故事與創意，仍需技巧的控制剪裁才能完全展現。目前看到的，只有太多的堆積與「不快樂的局部」。在一個地層意象之下，埋藏著的仍是另一座傷心咖啡店。然而這回已不見刻骨銘心的愛情，只有折磨。原來這是一個有關變態報復的故事。

或許這會是一個新的觸角，雖然在這本小說中還沒有臻於成熟主題的境界，卻可能使得作者的耽美風格日後有了更大的揮灑空間，不知朱少麟本人是否也作此想？我對朱少麟是否正在進行她的第四本小說，老實說，還是抱著期待與好奇的。

陪你看一次春暖花開

逸君要我看看你最新的小說，啥都沒多說，沒透露半點內容。我真感謝他。我可以想像不同的編輯，也許就會語帶興奮地告訴我，這本書是關於……[1]

很多人會興奮，尤其是把你書中主角五月所根據的真實人物當作偶像圖騰的年輕一輩。就算他們讀到你坦言「有關同性戀愛的傷痕，之於我只是故事裡很小的一塊」，就算你已含蓄地抗議「她的書，她的死，成了容納各種穿鑿附會的事例」，甚至那疲倦的、輕描淡寫的一句「在今天，這個詞的性質及其輕重，已和我們當初所體受的大大不同」，恐怕都會被輕忽跳過。

他們不管，他們才不管，這已是當前最常見的一種偽理性與假感性，用歇斯底里與偏執來掩飾自己生命的平淡，誇張一點點稀薄的感動，藉著臉書上不斷的串聯串聯串聯讚讚讚讚，就風—起—雲—湧—了，圍出一塊又一塊不需要辯證、不允許質疑的小地盤。真高興你也不管他們了，明知道這部作品可能又被如何地拿來大作文章，你真的就寫了，而且，寫得這麼動人。

如果他們看到的是兩人私密世界的大曝光，我看到的則是一個不可逆轉的關鍵時代。你的書把我帶回了那樣來勢洶洶的一九八〇與九〇年代初。

我輩曾安分守紀、品學兼優地走出台大校園，卻發現眼前好好鋪成的人生康莊大道並不是我們想要的。那樣驚慌。沒有人告訴我們人生如果，或是否有，另一條路。那樣的時代，真的，更大的翻天覆地每天上演，都是一刀刀劈下去的那種大開大闔。昨天還有人為抗議出版檢查而自焚，今天就黨禁報禁全開放了；前一年還是「四郎探母」裡的忠孝不能兩全，去了老家上墳便是株連三代

1《其後それから》，賴香吟，二〇一二。

的叛國之罪，第二年就海峽兩岸開放探親了。多少人的一生在當年就賭在某個瞬息萬變的刀口上，甚至包括愛情。

正如同你所寫的：「時代翻天覆地在變，我常猜想如果你活到這個時代，會不會一切難關都已過去，你會找到新的舞台……」

就看你如何定義「難關」二字了。認為有了舞台、就等於過了難關的，大有人在。但也有人就是天生犯賤，別人搭起的舞台偏就不站，非要自己出去摔個鼻青臉腫，連最簡單的「活著」二字，也要驗證了再驗證。二十五到三十五，那多變又充滿閃電的十年，我們在世界不同的角落，卻同時努力地想記住那些閃電的線條與它刺目的亮度。

很晚才認識你，在當年的新聞早已冷卻的十年後。我只是單純被你的文字吸引，然後才有人附耳上來告訴我，她就是那個……才回到台灣，錯過了那些混亂多姿也多汁的傳奇與耳語的我，對傷痕早就沒有好奇。（不安分的靈魂哪個不是傷痕累累？）多數的人可以選擇不說，但是你不能，你的五月把你推上了那個你不想要的位子（相信卻是許多人恐怕還求之不得的舞台）。我們靜靜地過著自己的日子，難以想像，如今我們都已年過中壯。

那些曾逼迫我們從重創中再活過來的事件，那些在悶熱窒息的孤寂中決定不能死的宣誓，都慢慢失去了記憶中銳稜可割出血的恐怖。

除了你。心疼你沒有這樣的權利。也為你終須拿回屬於你書寫權利的毅然感到驕傲，因為這是一個時代的故事，是關於你如何活下來，而不是關於某人為何而死的故事。

讓我們面對現實吧。你想要完全擺脫人們將此作貼上同志告白標籤，那是不可能的。但絕不是因為作品本身有這樣沉溺的問題，而是無愛可求的這個時代裡，多少人正需要有你這樣的發聲可以為他們背書。

這個時代，連創傷都是可以換穿的，大家已經平安快樂地進入二十一世紀了，台灣也已是全亞洲最自由開放的地方了，資優又伶俐乖巧的年輕人他們多麼苦悶。我們的上一輩也曾拿戰亂饑餓生死來貶抑過我們的苦悶，但中年的我如今慶幸，我們這一輩還是打過一仗的，不管那一仗是為民主為改革為平權還是為愛情。

太浪漫的我們，在年輕的時候，都一定得死過一次。那樣的死過之後，再回頭面對書寫或再捧起學術論述時，看見的都會不一樣了。像是，我們有了一個更堅定自我聲音。年輕又無知的當年，相信的是什麼派系版本的自由？了解的又是哪門子情慾？其實都並不重要了。我們只是因此學會了反省與珍惜，這樣而已。

你說「我想知道自己那聲尖叫裡到底包含了什麼」。對了，就是這樣啊！那麼讓我告訴你，你的尖叫裡有很多人的痛，只屬於真正痛過的人。

我的身邊只有極親近幾位朋友知道，我也曾經歷過戀人自殺的悲劇。相對於你在整個事件中的身不由己，我該慶幸擁有完全自我療癒的空間與隱私嗎？說慶幸太輕佻，那就說珍惜吧！也因此我可以很負責地告訴你，你寫到了，你寫到了那個核心了！

闔卷時，那尖拔的高音竟然已經不存在，我聽到的是，自己如釋重負地發出了一聲歡喜的抒歎——

相信我，不會再痛了。

淺談白先勇作品的戲劇改編

二〇〇四年某日，辜懷群老師與董陽孜女士約了白先勇先生喝咖啡，事前也通知了我，希望我能到場提出一些構想，如果把白先生的小說改編成舞台劇，有哪些題材適合，這一天大家見面討論看看。

話說那年我大學聯考放榜，上了台大外文系成了白先生的學弟，父母送我的禮物便是去國父紀念館看一場《遊園驚夢》，那是白先生的小說作品第一次搬上舞台。一個高中生還看不出門道，不過光是卡司就讓人興奮非常，戲劇世家出身的國際明星盧燕女士擔綱演出錢夫人，配上同樣口白身段一流的胡錦演出天辣椒月月紅十七，還有氣質出眾的演技派歸亞蕾飾竇夫人。這麼多年後，我的記憶中仍沒有第二部能比當年轟動賣座的舞台劇在台北演出。

白先生穿著白色長褲出現了，總是笑容可掬，神態從容。那天我提了兩個案子，一是《樹猶如此》[1]，一是《一把青》[2]。前者吸引我的原因是必須有一位好演員來飾演白先勇本人，從青春演到老，而後者我想把原小說與〈一把青〉這首歌的主唱，有「一代妖姬」之稱的三〇年代巨星白光的滄桑一生並置交錯，讓時代感更有互文的複雜性。但是顯然白先生心中已早有自己的定案，連這齣戲的開場都想好了：

「用音樂劇的方式，就像《西城故事》那樣，小混混們跟警察捉迷藏，成了經典的歌舞……我們的青春之鳥在新公園也躲警察，一個個穿著紅的、綠的、紫的、藍的各色襯衫，在台上舞蹈起來，那場面多好看啊！」

1《樹猶如此》，白先勇，二〇〇二。

2〈一把青〉、〈歲除〉、〈冬夜〉、〈梁父吟〉、〈滿天裡亮晶晶的星星〉：《臺北人》，白先勇，一九七一。

沒錯，那正是《孽子》[3]了。白先生對這部作品的情有獨鍾溢於言表。我不得不說白先生把《孽子》改成音樂劇的點子很好，但這在製作上會是很大的挑戰，哪裡找十幾個又能演又能唱跳的演員？音樂風格要復古要新潮？真要與《西城故事》看齊，那可是出自雷納斯坦這位交響樂名家之手。且音樂劇形式在彼時台灣還不那麼風行，觀眾會習慣口白不用說而用唱的嗎？雖然音樂劇的《孽子》後來不了了之，但我永遠記得白先生說起他夢想中的青春鳥兒載歌載舞畫面時的神情，應該說，那其中充滿了關愛，就像是終於為他們找到了一個發光發熱的舞台，青春鳥兒再也不必徘徊於黑夜的國度。

白先勇先生的小說作品在那之前搬上大銀幕的已有多部，在國片新浪潮時期曾是文學改編的票房保證，計有《玉卿嫂》、《金大班的最後一夜》、《孤戀花》等，而一度傳說籌備中，由林青霞演出《永遠的尹雪豔》則只聞樓梯響。後來《孽子》雖找來甫得金馬影帝的孫越主演，那次的改編可說是慘不忍睹。

因為要提案討論，那一年我曾把白先勇小說如何戲劇化的問題仔細想過一遍，我發現真正的難度在於，一般人都忽略了像金大班錢夫人、甚至《孤戀花》裡的總司令，她們都清楚自己在真實生活中無時不在扮戲，而出現在銀幕或舞台上，她們的自我戲劇化常被扁平成了真實的性格，流失了當中的反諷意味：

後悔沒聽從裁縫師，回頭穿了這身長旗袍站出去，不曉得還登不登樣。一上臺，一亮相，最要緊。

——《遊園驚夢》

娘個冬采！金大班走進化妝室把手皮包豁啷一聲摔到了化妝檯上，一屁股便坐在一面大化妝鏡前，狠狠地啐了一口。

——《金大班的最後一夜》

3《孽子》，白先勇，一九八三。

不管觀眾是否散去，時代如何變換，像錢夫人與金兆麗的眼前總有這麼一面鏡子，鏡子裡是當年的風華絕代，如今對鏡無論如何巧笑倩兮，在旁人的眼中只有不合時宜的淒涼。

所以之後原本陷入回憶的金兆麗才會「突然抬起頭來，對著鏡子歹笑了起來。她要一個像任黛黛那樣的綢緞莊」，「先把價錢殺成八成，讓那個貧嘴薄舌的刁婦也嘗嘗厲害」，繼續對鏡自欺。而錢夫人的意識流中最後冒出的「天——完了，榮華富貴——可是我只活過一次，——冤孽、冤孽、冤孽——天——」也不能當作是真正的記憶在觀眾面前賣力上演，因為那也是對鏡的身段，戲裡戲外不分的執迷。

穿梭於類似戲中戲的虛實，但一旦要轉變成寫實劇的唸白，則意趣盡失。我看到大陸製作的《金大班》舞台劇中的段子，女主角抑揚頓挫頓挫的京片子，則又是另一個極端，金大班成了類似京劇中的潑辣貨閻惜蛟之流，難以傳達出雖然是「最後一夜」了，卻還得粉墨登場的蒼涼與諷刺意味。

白先勇筆下的這些風塵中人物，比起其他如〈歲除〉、〈冬夜〉、〈梁父吟〉中的黨國大老或一代將領更耐人尋味，就是因為作者掌握到他們的庸俗，同時又用他的文學之筆揭開庸俗人生背後的身不由己。戲劇演出自然沒有了作者文采的鉤織，格外要小心不能讓角色淪為了通俗的刻板，因為看似通俗的刻板只是他們紅塵打滾與苟且偷安的假面。如何在表演中讓觀眾同時能感受到角色在扮裝與隱藏的無奈，這是改編白先生作品的一大挑戰。

這不禁也讓我想當到《孽子》的前身，也就是《臺北人》中的那篇〈滿天裡亮晶晶的星星〉，短短的故事就環繞著默片過氣影星楊師父，在公園荷花池畔以教主身分對小妖們演出的一齣獨角戲：「他說著突然雙手扠住了自己的脖子；眼睛凸了出來，喉頭發著呃呃的嗚咽，一臉紫脹，神情十分恐怖……我們都笑了，以為他在做戲，教主確實有戲劇天才，無論學什麼，都逼真逼肖。」《孽子》中的人物也多有自我戲劇化的傾向，尤以龍子這個角色為代表。由他口中道出的一場虐愛，那畢竟是夢幻式的。而龍子出身名門，更不同於一般風塵中人，他的自虐與自傷更有境界，如同一場既華麗又血腥的夢境。

在那樣的年代，封閉的新公園裡，一則則戲劇化的愛恨別離，總成為彼此搭訕或取暖的開場，曾經是一種相認的語言，一種姿態。彼時這個族群還被叫做「玻璃圈」，人人都偽裝成另一個角色，只有匿名代號，只能偷偷摸摸，也許對現在的年輕一代來說會難以了解，以寫實方式重現，那種墮落與沉淪的氣息或許會讓人厭惡，但如果消毒改成健康國民版，與原著又相悖甚多，所以白先生當年構想中以音樂劇方式改編，或許是一種折衷辦法。

另外，有關同志的電影與戲劇，最難處理的總是女性化男同志，不是成為諧趣丑角便是悲情人物。我喜歡電影《自由大道》[4]中，回到七〇年代的舊金山同志社區，並不迴避彼時男同志們多見女性化的舉手投足，那也是一種自我扮演，對異性戀壓迫的一種挑釁。《孽子》的時代背景與其相去不遠，但為了現在的觀眾，我在電視劇版中看到這樣的自我扮演已被大量刪去，也許是一種政治正確，戲中男同志幾乎都陽剛健美。而且為什麼台灣戲劇中總還有這樣的迷思，娘娘腔一定是病態陰柔？現在有「金剛芭比」這個說法了，與其說那些黑壯金剛做小女人態是性別錯亂，不如說那也是一種扮戲與隱藏。

這一回，我想看到有大男生撒嬌裝娘的《孽子》，我更想看到的真正七〇年代的新公園，那個如同畫家席德進日記中所寫，噴了香水這樣去釣人才夠騷，或是在公園中被打得鼻青臉腫的那段過去，因為太多人覺得不堪，對同志形象不好。我反覺得，不需要迴避陰暗羞恥，那是同志運動到今日應有足夠自信去擁抱的一段歷史，藉此提醒這個社會，這樣的壓迫並未結束。更不用說，《孽子》所寫的那個年代，是所謂台灣同志文化的源頭。

4 《自由大道》（*Milk*，二〇〇八）：電影。

月鳥花雲天

——那些難忘的瓊瑤電影歌曲

瓊瑤女士創作的歌詞，與她的小說作品改編成電影與電視密不可分。早年她的小說搬上大銀幕，如《婉君表妹》、《啞女情深》、《煙雨濛濛》、《幾度夕陽紅》……等，當時還不作興加上主題曲或插曲，而且，不論是小說本身或是改編之後的電影，彼時的評價都不俗。

她的長篇處女作《窗外》曾於一九六〇年在香港頗具分量的《祖國周刊》發表，二十五歲的早慧的確耀眼，而我個人以為，這部作品算是一部成功的成長小說，以當年的時空背景而言，她引起的矚目與震撼不輸於今日的「房思琪」

現象。

而瓊瑤這個名字，從最早的文學新銳，如何成為了言情小說的教母，在上個世紀紅遍華人世界，我們也不妨用另一種觀察角度切入。

那就是，由她的小說所改編的電影《彩雲飛》，當時破天荒地集合了國語流行歌壇的一時之選，左宏元的曲，由鄧麗君、還有以〈往事只能回味〉一曲紅翻天的尤雅、〈風從哪裡來〉的萬沙浪攜手演唱，讓唱片與電影同時刷新賣座新頁，這無疑是瓊瑤從此投身通俗言情的一個轉折點。

電影中有歌曲不是新鮮事。但在此之前，要不就是仿製好萊塢式的歌舞片，如香港的電懋與邵氏就擅拍此類電影，捧紅了像是葛蘭這類的「歌舞片皇后」，要不就是黃梅調。

再者，以往電影中的所有歌曲就得是女明星本人演唱，如早期白光周璇李香蘭，後則有翁倩玉湯蘭花歌而優則演。但是文藝片裡開始歌星與演員雙軌，既相得益彰也各成就一片天，《彩雲飛》（一九七三）首度創下此種模式的成功典範。

同時，從《彩雲飛》開始，許多瓊瑤電影大量讓歌曲獨自成篇，片中以美景畫面配歌加強觀眾對歌曲印象，電影有時反像是為打歌而拍的ＭＶ。故事情節或許單薄通俗，但是歌曲畫面如果夠浪漫纏綿，便自動補足了人物刻畫之不足。

瓊瑤帶動起的「三廳式文藝片」，成功關鍵常在於片中這些歌曲的配放令觀眾滿意否。等到瓊瑤自組「巨星」影業公司後，《我是一片雲》更熟練地操作此一模式而打響創業之作。從此瓊瑤的小說本身，故事越來越公式化，反倒是電影版中的歌曲，每一回都嘗試了不同的風格。

瓊瑤的《雪花飄落之前》於天下文化出版前夕，高希均教授特別找我喝咖啡，問我對她的看法。我說，她的前三部《窗外》、《煙雨濛濛》和《六個夢》

還是不錯的，但是，我覺得她最大的貢獻是打造出一個產業連結的平台。

因為她的小說，才讓李行、白景瑞、宋存壽等國片史上最重要的幾位導演都能有賣座文藝片做後盾，換得籌碼來打造他們自己的代表作。在瓊瑤自組電影公司之前，李行幾乎可謂瓊瑤電影的專業戶，他一人就拍了《婉君表妹》、《啞女情深》、《彩雲飛》、《海鷗飛處》、《浪花》、《碧雲天》、《心有千千結》……十餘部。而宋存壽也因拍攝《窗外》，為我們華語影壇發掘了一顆永遠的巨星，林青霞。

更不用說，在一九九〇年代兩岸文化交流開放之後，仍是瓊瑤的連續劇打頭陣，開創了合作新平台，一齣《還珠格格》更為大陸影視培植了兩位今日的明星，趙薇與范冰冰……

而瓊瑤將台灣國語流行音樂推向世界華人圈也是功不可沒的，值得我們來回顧耙梳。

瓊瑤電影主題曲中，第一首成為傳唱經典歌曲的，應該就是與書同名的那首〈月滿西樓〉（一九六八）。這首歌更讓當年不過二十二歲的韓國僑生劉家昌，一夕之間成為被矚目的音樂才子。

能寫曲也能唱的劉家昌，日後對台灣流行歌曲的影響與貢獻不需贅述，他的才華初次被肯定，就是透過瓊瑤小說／電影這個管道。

幾年後他為瓊瑤另一部電影、宋存壽導演的《庭院深深》（一九七一）譜出另一首經典佳作。大家可能都忘記了，這首主題曲當初是由飾演女主角的歸亞蕾親自獻聲演唱，做為電影的片頭。劉家昌這首曲子不同於傳統小調，也與當年流行的東洋演歌大異其趣，與〈月滿西樓〉一樣，都是絕佳的慢舞舞曲——

多少的往事已難追憶

多少的恩怨已隨風而逝
兩個世界，幾許癡迷
幾載離散，欲訴相思
這天上人間，可能再聚
聽那杜鵑在林中輕啼
不如歸去，不如歸去……

〈庭〉與〈月〉這兩首也是瓊瑤早期歌詞的代表作。頗愛古典詩詞的她，不少書名都是從這些詩詞中擷取而來，這一階段的歌詞也因此以講究韻腳與對仗為其特色。但劉家昌在譜曲時，卻揚棄了以傳統小調搭配詩詞的方式，加入了西式三拍的舞曲節奏，這無疑是國語流行歌曲在當時的一項創新。

之後劉家昌為另一部為瓊瑤電影所寫的〈一簾幽夢〉（一九七五）、以及為鄧麗君全部以古詩詞譜成新調的《淡淡幽情》專輯所寫的主打歌〈獨上西樓〉

（一九八三），將這種中西合璧揮灑得更成熟自如。古典文句與現代曲風的融合，日後一直是台灣國語流行歌創作的一大強項，直至今日，仍有方文山與周杰倫承此脈絡而大受對岸歌迷喜愛。

而如前述，瓊瑤電影中的歌曲開始取得越來越顯著的地位與成功，乃從《彩雲飛》開始，這就不得不從作曲家左宏元成為瓊瑤電影的重要班底說起。左宏元不僅在當時已是知名的作曲人，同時他也是片商與投資人，後來更掌握了台北重要的電影院線。他的加入，不僅讓瓊瑤電影中的歌曲大放異彩，也讓以歌帶戲成為瓊瑤文藝片賣座的重要元素。《彩雲飛》片中流傳至今的插曲就有鄧麗君演唱的〈千言萬語〉、〈我怎能離開你〉等多首，左宏元更首開先例，主題曲一詞兩式，兩種不同風味的曲調詮釋同一首歌詞，並由鄧麗君與尤雅分別演唱。

但是很多人不知道的是，瓊瑤只為《彩雲飛》寫了主題曲的歌詞而已（同一首詞又被譜成了〈我怎能離開你〉，其他幾首歌詞其實都是左宏元以「爾英」為筆名所操刀的！

不知道為了什麼，憂愁它圍繞著我
我每天都在祈禱
快趕走愛的寂寞……

左宏元這首包辦詞曲的〈千言萬語〉，無疑示範了、也從此掌握住了瓊瑤文藝片之後的新面貌。

以往如《庭院深深》、《一簾幽夢》、《寒煙翠》……這種古典哀怨的腔調開始漸漸退場。現代的、更口語直接的歌詞與書名，就從接下來的《我是一片雲》（一九七七）開始。

而瓊瑤加上林青霞、鳳飛飛、左宏元，更讓瓊瑤的電影王國之後獨霸台灣文藝片市場十年不衰。

●

《我是一片雲》作為瓊瑤自組電影公司的創業作，從卡司到歌曲都可見策劃之精心。林青霞與兩大男神秦漢、秦祥林同台，這在台灣國片史上就僅此一回。

據聞，瓊瑤起初一直屬意鄧麗君來演唱主題曲，複製《彩雲飛》成功模式，但作曲左宏元卻堅持啟用唱紅過幾首歌、但一直在老東家「海山」唱片公司不算一枝獨秀的鳳飛飛。當時的鳳飛飛還帶著一點清純土氣，自不如鄧麗君在瓊瑤心中有著古典優雅的氣質。

但左宏元別具慧眼，說服了瓊瑤以及當時同樣也是剛成立的「歌林」唱片，大膽由鳳飛飛挑起重任，果然戲紅歌紅人更紅，國語歌壇因此多了一位日後的天王級一姐，也讓瓊瑤的電影再也少不了鳳飛飛。

鳳飛飛為《我是一片雲》帶進了以往文藝片未曾用心經營過的一群觀眾，那就是，在當時經濟剛起飛的台灣，日夜在工廠加班的那些女作業員們。

鳳飛飛的唱腔柔美清亮又具親和力，安慰了無數生活苦悶卻又正值雙十年華的勞動女性，如今鳳飛飛成為了她們與瓊瑤電影間的重要橋梁。

而瓊瑤之後徹底走向通俗言情，被一些自視較高的文化人更加嗤之以鼻，這種雅與俗的勢不兩立如今回頭看來，所謂的大眾文化難登廟堂，難道不是一種掩飾經濟階級歧視的說法？

接下來同年暑假檔推出的《奔向彩虹》（一九七七）讓鳳飛飛的聲勢如日中天，穩坐新東家「歌林」的一姐，也威脅到老字號「海山」的龍頭地位，唱片業的洗牌某種程度而言，也是瓊瑤的電影與歌所造成。

更重要的是，「彩虹」二字成為鳳飛飛由歌手跨足綜藝節目的一個金字招牌，由她主持的「一道彩虹」、「我愛彩虹」都成為當年收視率破紀錄的紅牌節目。台灣無線三台迎來了綜藝節目的黃金年代，說是瓊瑤的間接促成，也不足為過。

●

回到瓊瑤小說的本身，因深知自己最大的觀眾群何在，她的小說書名也越來越白話：《一顆紅豆》、《雁兒在林梢》、《金盞花》、《月朦朧鳥朦朧》……無一不是為電影所量身打造。

左宏元除繼續為歌曲操刀外，從先前一詞兩曲，更演變出另一種更商業化的操作模式，說來也算是高明的策略。

以《奔向彩虹》一片為例，電影上片前一詞兩式的〈奔向彩虹〉便已大街小巷播放得撲天蓋地，輕快簡明的節奏與朗朗上口的歌詞已完全達到洗腦效果。但是等進到電影院才發現，片頭曲與貫穿劇情的配樂，卻是另一首較不易上口但美感略勝一籌的〈追隨彩虹〉。也就是說，所謂的「主題曲」其實只是廣告歌，已與劇情角色切割。

又以《雁兒在林梢》（一九七八）為例，這個故事算是此一時期的瓊瑤作品中較具心理深度的。女主角懷疑男主角始亂終棄造成姐姐的輕生，於是化身為復仇天使，以兩種身分造型與男主角兩兄弟同時交往，讓兩兄弟自相殘殺，頗有日式推理小說的趣味，算是黑暗而懸疑的題材。

但是宣傳電影所用的主題曲唱得歡天喜地，並不符合劇情的走向。真正的主題曲應是另一首詞曲意境不俗的〈問雁兒〉——

問雁兒你為何流浪　問雁兒你為何飛翔
雁兒呀雁兒呀
問雁兒你可願留下　問雁兒你可願成雙
我想用柔情萬丈　為你築愛的宮牆

卻怕這小小的窩巢　成不了你的天堂
我願在你的身旁　為你遮雨露風霜
又怕你飄然遠去　讓孤獨笑我癡狂……

這首曲子寫得哀怨委婉，但是卻留下一則歌壇懸案。究竟作曲者「欣逸」何許人也？之後此人又寫過《假如我是真的》電影主題曲以及當年歌壇玉女江玲的招牌歌〈我心屬於你〉，卻無人確知他的本名究竟為何。

而這首〈問雁兒〉或許也是瓊瑤電影在「巨星」時期少數可稱之為佳作的歌曲，歌詞延續了〈庭院深深〉、〈一簾幽夢〉的格律工整，意象層次鮮明。不似其他那些專為宣傳而作的主題曲，只求好記上口，如這首〈一顆紅豆〉——

我有一顆紅豆　帶著相思幾斗
願付晚風吹去　啊　吹給伊人心頭

我有一顆紅豆　小巧玲瓏剔透
願付月光送去　啊　送給伊人收留

也因此不得不佩服鳳飛飛的唱功了，依然能把一首近乎平淡的歌曲唱得千迴百轉，盪氣迴腸。也就無怪乎在鳳飛飛退出鐵三角後，沒有一位歌者能繼續把這種類廣告歌唱成經典。

●

隨著鳳飛飛在當紅之際遠嫁香港暫別歌壇，林青霞與二秦間的感情糾纏也迫使她遠赴美國療傷不歸，瓊瑤在《金盞花》（一九八〇）之後必須立刻尋找新的搭檔。而鐵三角最後合作的這首主題曲歌詞相當另類，簡易直白到讓人噴飯，倒也獨樹一格——

金盞花兒開了　鳳凰木兒綠了
金盞花兒開了　薔薇花兒紅了
金盞花開了　你我遇見了
你我遇見了　呀花兒都醉了
金盞花兒開了　鳳凰木兒綠了
金盞花兒開了　薔薇花兒紅了

與林青霞所代表的現代都會美女形成強烈對比的呂秀菱，以古典琵琶美人的形象成為瓊瑤女主角接班人，一開始在強烈造勢下，仍帶得動票房人氣，但是時間一久，明顯地觀眾開始流失。

期間出現過一次春節熱檔，瓊瑤電影自己打對台的荒唐局面（一九七八）。一邊是《卻上心頭》，一邊是《燃燒吧！火鳥》，兩片卡司呂秀菱、劉文正與雲中岳完全相同，唯一不同的是，《燃燒吧！火鳥》多了由美甫歸的林青霞加入陣容，另外就是《卻》片主題曲由劉文正演唱，《燃》片則是搞怪出名的高凌風，結果是由《燃燒吧！火鳥》拿下同檔的國片票房冠軍。

這似乎說明了兩件事，呂秀菱畢竟不是林青霞，而且歌迷的口味已經改變。彼時校園民歌當道，即使劉文正的王子丰采也不再是票房保證，反而是高凌風一襲羽毛裝，帶著阿珠阿花的舞台噱頭還可勉強與清新民歌一搏。

少了林青霞與鳳飛飛，瓊瑤愛情電影再也不復一九七〇年代盛況。為了迎合音樂口味的改變，也曾找來溫拿五虎出身的鍾鎮濤擔任男主角，抱著吉他演唱〈夢的衣裳〉和〈聚散兩依依〉；也曾找來費翔主演並演唱譚健常譜曲的〈問斜陽〉，甚至也與當年的民歌手葉佳修合作了〈昨夜之燈〉，甚至是由一曲〈恰似你的溫柔〉鵲起的蔡琴來演唱……

這一串的努力都難挽票房頹勢，巨星影業時期的瓊瑤愛情片終於在《昨夜之燈》（一九八三）後劃下句點。

一九八六年瓊瑤開始轉戰電視，改編《幾度夕陽紅》在八點檔創下不錯收視率，瓊瑤的連續劇王國於焉展開。

連續劇主題曲與片尾曲，其影響力已與之前的電影王國時期不可同日而語。每晚在電視上都會放一遍的這些歌，漸漸不再造成唱片搶購風潮，通常戲一下檔，這些歌也就跟著退流行了。而演唱者如江淑娜、高勝美、李翊君……雖然都不走古典路線頗接地氣，但即使有瓊瑤的加持，也未能將她們推向如當年鳳飛飛的高峰。

●

這裡我只談到了音樂的部分，若要再擴及瓊瑤的商業言情也對台灣新電影產生的影響，還可以舉侯孝賢為例。

從場記做起，侯孝賢一路副導編劇往上爬，初執導筒便遇上瓊瑤幕後暗中出資的一部《就是溜溜的她》，由鳳飛飛主演，春節檔賣了個滿堂紅。這部片子讓侯導站穩了鄉土式小清新愛情片的市場，接下來又繼續合作推出了《風兒踢踏踩》。

回顧這兩部愛情文藝片中，侯孝賢的導演手法與對本土的觀照，顯然已經在為他後來的《童年往事》與《戀戀風塵》做預演暖身。

四十多年過去了，弔詭的是，反而當年因為絕對的商業言情而大紅的那些歌曲，現在依然活耀在人們的記憶裡，KTV裡一直都有人在點唱著。

類型商業言情的成功，原來需要這麼多人才的裡應外合。用現在的話來說，就是當年台灣軟實力的代表。

月，鳥，花，雲，天，瓊瑤歌詞中一定會出現的這些字眼，現在回想起來，其實並非那麼不食人間煙火，反而是沾附著那個年代多少在社會打拼的男女，對未來美好生活的想望，鬧哄哄地，然後一轉眼大家就老了。

但是，從這些歌曲中我們依稀仍可聽到，民國七十年代，美好生活曾經一度真的發生過。

part IV

全球化廢墟中的沉靜與喧譁

一本經典的神祕缺席

以知名作家生平為藍本的小說自麥可・康寧漢的《時時刻刻》後，現在似乎找到了更廣闊的發揮空間與再詮釋的角度，不再拘泥編年史式的事件記載或歌功頌德，而能更自由地融入現代的觀點，以多面向的觸角，勘察體驗作家面對藝術創作與人生困境時的糾結。這樣的作品不僅考驗小說家重新提煉大師精華的功力，也藉此引導讀者經由不同的閱讀產生再探經典的樂趣。此類佳作另有柯姆・托賓的《大師》[1]，剖析亨利・詹姆斯如何藉創作撫慰（或逃避）因無

1《大師》（*The Master*，二〇〇四），柯姆・托賓（Colm Toibin）。

法面對自我真實情感的遺憾與孤寂。而這類小說對喜愛文學的讀者而言，更有一窺不同年代文藝圈形形色色的驚喜。

亨利．詹姆斯之後又出現在一本甫出版即廣受好評的半傳記式小說中，不過這回他不是主角，而成了環繞主人公史蒂芬．克嵐身邊的眾多配角之一，與康拉德、伊蒂斯．華騰[2]等人一同重現了上個世紀末的頹廢與華麗。這本名為《黃粱客棧》[3]的小說，在命題上做了更大膽卻饒具深意的假設，從一本據說存在、卻從無人知道是否完成還是已遭銷毀的克嵐作品為主軸。

該書作者愛德蒙．懷特被公認為自一九七〇年代以來最重要的同志作家，這回他一改半自傳式的小說風格，拋開他熟悉的紐約同志圈，第一次嘗試重新建構維多利亞時代的英國與擾攘喧囂的紐約在十九世紀末的風景。更難得的是，他模仿克嵐的文字風格，惟肖惟妙。以「書中書」的方式將這部「傳聞中」的小說拼裝出來。

克嵐是十九世紀末的重要美國寫實主義小說家。記者出身的克嵐作品不多，這與他二十八歲即因肺結核早逝有關，但在他短暫匆促的寫作生涯裡，留下了兩部日後與霍桑、梅爾維爾[4]等美國小說家齊名的經典：《鐵血雄獅》及《風塵女瑪姬》[5]。克嵐的文字簡練精準，與同輩歐陸作家的深沉委婉大異其趣，越是經過時間沉澱，越讓後世美國讀者與評論家推崇克嵐為美國本土文學打下的基礎，更不用說他的取材如《鐵血雄獅》中的戰爭場面，以及《風塵女瑪姬》的深入社會底層，都開啟了小說反映社會現實的新局面。

然而在克嵐的有生之年，英國文壇給予他的重視和肯定卻高於美國自家人，這或許與他年少成名作風不羈，逝世前幾年都在英國渡過有關。他與一個

2 史蒂芬・克嵐（Stephen Crane）。康拉德（Joseph Conrad）。伊蒂斯・華騰（Edith Wharton）。
3 《黃粱客棧》（*Hotel de Dream*，二〇〇七），愛德蒙・懷特（Edmond White）。
4 霍桑（Nathaniel Hawthorne）。梅爾維爾（Herman Melville）。
5 《鐵血雄獅》（*The Red Badge of Courage*，一八九五）；《風塵女瑪姬》（*Maggie, Girl of the Street*，一八九三），史蒂芬・克嵐（*Stephen Crane*）。

開妓院的女子相戀因而回不了國門，這位名喚寇拉（Cora）的戀人早年開的一間妓院便叫 Hotel de Dream，被懷特借用作了書名。

在懷特的小說中有三條敘事線：重病瀕死的克巖回憶他早年在紐約街頭認識的一位叫艾略特的童妓，決定在自己死前用口述給寇拉的方式，將艾略特的故事寫成小說；另一條線則是寇拉不放棄希望，帶著病入膏肓的克巖遠赴德國就醫這段旅程；第三條線則是「書中書」，懷特仿克巖寫成的這部以艾略特為主角的中篇小說《上妝男孩》[6]。

懷特在書末為他的考證作了說明：克巖特立獨行，英年早逝留下的生平資料有限，一直是研究者的難題。在少數已完成的有關克巖的傳記中，懷特發現克巖友人曾道出一段耐人尋味的回憶：某日在街頭撞見克巖與一位男童妓同行，克巖表示他從男童身上獲得許多資料，打算寫成一部《風塵女瑪姬》的姐妹作。而事後「據說」克巖曾把部分完成的篇章給了另一位作家過目，希望聽取意見，對方大驚失色，告訴克嵐這樣的作品若公諸於世，會讓克嵐身敗名裂（王爾德入獄醜聞才剛發生不久），宜速速銷毀。

這就是傳說中下落不明的遺作始末。但懷特讓人激賞之處則在於，他並未狹隘地賣弄八卦，或在克嵐的性向上做文章；反之，他提出一個非常發人深省的觀點：在那個偽善、壓抑、封閉的年代，如果克嵐這樣優秀的異性戀作家，真的完成並出版了這部描述（上一個）末世情欲糾纏的同志小說，世人對同志的印象應該有很大的不同吧！

像克嵐這樣不戴有色眼鏡的寫實作家，以悲憫關懷為出發點，要完成一部《風塵女瑪姬》的姐妹作，並非不可能。小說虛構的意義與藝術，在懷特這部《黃粱客棧》中有精彩的搬演，更難能可貴的是，懷特打破了性別的界限與迷思。他身為同志作家成功地刻畫了異性戀作家的內心世界，同樣的，克嵐這樣

6 《上妝男孩》（*The Painted Boy*）。

的作家想去揣摩理解同志情欲亦是合理正常的。這是懷特向大師的致敬，如果手稿存在，他相信定會有突出的藝術價值。

甚至，讀者可以撇開性別的議題，單看懷特如何補白了十九世紀文學作品中被權勢「消毒」掩蓋了的紐約，還原一個我們彷彿能嗅得到髒亂腐敗的城市中，新興資本主義社會的體臭，以及由這種體臭和汗味、淚水混攪而生的悲涼。

愛，值得更好的回報

能讀到一本讓人神迷忘我、欲罷不能的小說，真如同久旱逢甘霖。

整個暑假，我不停地企圖彌補經過整個學期教學後的消耗，希望能讀到幾本可以幫我充電的文學作品。先是從近期出版的小說著手，看了近兩年獲得中外文學獎的幾部小說。這些作品的作者都比我年輕許多，我讀得到他們旺盛的企圖心，努力鋪排情節，或是挖掘歷史素材，或是揭開自身成長經驗，都顯得如此急切，甚至隱隱充滿了一種自我防衛的焦慮。

能責怪他們嗎？整個時代都被網路臉書籠罩，他們太清楚什麼是讀者反應。快速的資訊流通，各式的文學評論術語與招式，教會他們如何打造預設的護身符。一本一本我拿起又放下。

是我老了嗎？曾經深深震撼我的文學作品，都有一個大開大闔的靈魂，足以包容與理解人生所有的曖昧與不確定，難以用主題加以定論，更無法簡述屬於她／他們的那種渾然天成的文字所帶來的驚喜——除非你真的好好坐下來靜讀。

最後，我發現自己又在重讀辛波絲卡、柯慈的《屈辱》[1]、甚至是葛林的《沉靜的美國人》[2]。

直到出版社寄來這本努涅斯的《摯友》[3]譯稿。

二〇一八年她獲得極負盛名的美國國家圖書獎時，我曾匆匆讀到這則新聞，當時沒特別在意，因為當年她的獲獎被視為「爆冷」。如今我終於讀到了這本精練、優美、簡潔又深邃的小說，驚豔之餘也要為評審委員們喝彩，讓這本篇幅不長的小說，從那些看似鉅作的大堆頭長篇中脫穎而出。這真是一本耐讀，更經得起慢讀、細讀的小說。

努涅斯的文筆自成一格，無過多修辭贅句，每每擊中要害，是一本真正「智慧的」小說。原因無它，獲獎時已六十八歲的作者，寫作已長達二十三年，出版過八本書，也曾獲得過一些文學獎的肯定，但是卻屬於那種「人不知而不慍」的創作者。

她一直安靜地在寫，與文學圈始終保持著距離，一直到了這本《摯友》，被媒體形容為「一夕爆紅」成為暢銷書。大家都喜歡這樣的「勵志」故事。

然而，真正勵志的部分不在於她的獲獎，而是在於她仍用一種純樸、近乎古典的態度面對寫作，寫下了她對那些正在消逝中、甚至是被年輕一代視為無用陳舊價值的哀悼。

1 《屈辱》（*Disgrace*，一九九九），柯慈（J.M.Coetzee）。

2 《沉靜的美國人》（*The Quiet American*，一九五五），格雷安・葛林（Henry Graham Greene）。

3 《摯友》（*The Friend*，二〇一八），西格麗德・努涅斯（Sigrid Nunez）。

你沒辦法解釋死亡。

而愛，值得更好的回報。（p. 64）

尤其，在MeToo運動席捲全球，女性同聲撻伐性騷的年代，努涅斯卻描寫了一位花名在外的教授與崇拜他的女學生之間，一段長達三十年的友情（或是，另類的愛情？）

怎麼可以為這樣一個經常與女學生發生性關係的男人之死哀慟欲絕？年輕的讀者可能立刻就會未審先判。努涅斯竟然還寫得如此理直氣壯？

我想到法國國寶級女演員凱瑟琳丹妮芙，曾因一句「我們那時男女之間的互動跟今日不同」遭到網友洗版出征。她口中的「那時」是歐洲藝術片的全盛時期，「那時」的男人指的是楚浮、布紐爾、費里尼……可惜昔日銀幕女神沒有機會將話說完，也許她需要像努涅斯的文筆才能表達得更清楚。在今昔之間，在對錯之間，每個人都在經歷著不同的痛苦，也在見證著自己的蛻變。

這是一個多麼具挑戰性的任務，努涅斯卻辦到了，難怪令評論家與讀者們讚嘆不已。她筆下那個頗具自傳色彩的敘述者，在哀慟中對著亡者「你」細訴，寫下了「你」自盡後，她陷入悲傷無以自拔過程中的點點滴滴。不是為亡者辯護，更像是一個認真活過、年屆七旬的長者在告訴下一代：

生命本就是充滿危險的，不管有多少的預防與警覺，我們仍然一不小心就會受傷。

如果我對阿波羅好，無私地為牠犧牲，愛牠——那麼有天早上我醒來牠會不見，而你從死之國界回來取代牠？(p. 182)

全書結構看似札記手抄，零零星星卻是綿密布局不鑿斧痕。除了敘述者與亡者外，努涅斯安排了一隻名為阿波羅的大丹犬登場，成為全書畫龍點睛的神來之筆。

亡者的第三任妻子約了敘述者「我」見面，遺孀不願再繼續飼養那隻亡者從街上撿回，近兩百磅的流浪狗。「我」的生活簡約單調，十五坪大的住處根本容不下阿波羅旋身的空間，更不用說，一旦被房東發現，「我」將失去這間房租低廉的住所，人狗都將流落街頭。

但是「我」卻收養了阿波羅，同病相憐的兩者命運未卜，讓這本充滿冥思與回憶片段的小說，更增添了閱讀上的期待。

阿波羅既是亡者的替身，安慰了「我」這個孤獨的靈魂，牠同時也像是敘述者「我」的分身：敏感、孤獨、憂傷。這個當年被教授啟發，大半生都奉獻寫作而習慣離群索居的單身女子，從阿波羅這個陌生的龐然生物身上又重新看到了文學的意義——你如何能跨過生存的隔閡，發現一種新的表達，讓靈魂與靈魂之間取得和解與重生的可能？

有首歌是這樣寫的：假如我們能和動物說話就好了。

> 意思是，假如牠們能和我們說話就好了。
>
> 但是，當然了，那會毀了一切。（p. 251-2）

所以，《摯友》不光是一部哀悼之書，更是一本關於寫作的書。全書充滿著懇切又勇氣十足的文人風格，但是努涅斯既不尖酸也不自溺，她的一針見血總帶著某種獨特的幽默感，以及在她這個年紀所修得的智慧，對生命仍無法放手的深情。

當「我」大聲對著阿波羅朗讀起里爾克《給年輕詩人的信》[4]，大狗安靜享受著與新主人建立共鳴的那個場景，就連我這個從未養過寵物的讀者也深深動容。

---

4 《給年輕詩人的信》（*Briefe an einen jungen Dichter*，一九二九），萊納・瑪莉亞里爾克（Rainer Maria Rilke）

並非阿波羅真能理解文學，「我」清楚知道這種一廂情願「擬人化」的危險。但她卻因此意識到，想必曾有摯愛之人對狗狗做過類似的事。連狗狗都知道什麼是難以放手的懷念，而總自以為理性的人類卻以各種治療之名，讓憂傷成了毒蛇猛獸。

除了寫下這日復一日的緩慢覺醒，「我」無法找到人生的出口。

> 校園流傳的笑話。A教授：你讀過那本書了嗎？B教授：讀？我連教都還沒開始教。（p. 208）

對文學小說的重度使用者來說，相信除了這本書中刻劃的孤獨與深情會令各位低迴之外，其中許多文學中的「互文」——從里爾克、芙蘭納莉・歐康納、到柯慈——必會讓你們覺得是全書的大彩蛋。（多麼湊巧，我也剛重讀完柯慈！）

在學院中教授創作近二十年，對努涅斯描繪的許多教學現場，我更是於有心有戚戚焉。原來在手機臉書無所不在的年代，年輕一輩對經典的不以為然已是四海皆同。書中有一節提到，學生們不懂為何要讀那些可能已經絕版的經典文學，甚至認為「不是該讀些更成功的作家？」

讀到此處讓我不禁心驚：做為文學教育的傳承者，我如何能不因任務之艱難，而取巧以一些迎合議題與潮流的作品當成安全選項，最後陷入如B教授那樣只能自嘲的困境？

從努涅斯身上，我看到了在面向大眾對純文學的質疑時，最好的一種回應。至於一本文學佳作如何能讓人在瞬間耳聰目明？我想，她的《摯友》亦提供了充分的解釋。

我們都認為自己的付出值得更好的回報，但，什麼才是更好的？讀完這本小說，我心中默默亮起了答案。

文化的張望

——對帕穆克獲諾貝爾文學獎的一點想法

盛傳在二〇〇五年諾貝爾文學獎評審決議中造成委員極大爭議的土耳其小說家帕穆克，二〇〇六年終於桂冠到手。相信一般並不會對這個結果表示意外。但是這不感意外的背後，其實原因還包含了日前諾貝爾文學獎爆出的太多爭議與內鬨，例如一九九九年得主，德國小說家葛拉斯最近自爆年輕時曾是納粹軍；瑞典學院院士阿倫德忽然在報刊發表文章，指稱奧地利女作家葉利尼克不該在二〇〇四年獲獎，引發軒然大波；二〇〇五年，因評審僵持不下而「意外」出線的英國劇作家品特[1]，在得獎感言中痛批美國布希政府出兵伊拉克。

這些年諾貝爾文學獎還真是充滿了不少政治硝煙！

文學的普世價值與文學家個人的藝術成就並非由一個獎項可以決定，這一點相信在許多人心裡已有共識。華文世界關注諾貝爾文學獎多年，終於有了高行健與莫言獲獎，結果大家似乎仍是不滿意。高行健代表的是否就是中國文學的一個高峰？果真如此，他代表的究竟又是什麼？傷痕？控訴？人權？西方對東方的重視？幻想？誤解？莫言獲獎，也招來許多不以為然的批評，認為他是中共「官方」認可的作家，曾抄寫毛澤東「延安文藝講話」的舊事亦被重提。這年頭文章寫得好是一回事，個人政治立場難逃不被拿來檢驗一下。

同樣不屬於歐美主流系統的土耳其作家帕穆克獲獎，他又是如何面對外界對於他政治文化認同的質疑呢？

---

1 葛拉斯（Gunter Grass）。阿倫德（Knut Ahnlund）。葉利尼克（Elfriede Jelinek）。品特（Harold Pinter）。

帕穆克的作品始終以土耳其傳統與西方現代化之間的衝突為題材，而他也是除柯默[2]之外，唯一作品被外譯並獲西方廣大迴響的當代土耳其作家。與柯默不同的是，帕穆克的小說在本國即為暢銷書，在閱讀小說並不是那麼受重視的土耳其，帕穆克動輒二三十萬本的銷售量（盜版不計），其實本身就是一種特殊的文化現象。

帕穆克文質彬彬，充滿書卷味，從不諱言自小接受英美教育，最佩服的是喬哀斯、福婁拜、普魯斯特等西方作家，經常旅居紐約與伊斯坦堡。他家境富裕，原本讀的是建築，二十二歲改弦創作，卻整整八年沒有成果，直到一九八〇年一場土耳其政變，讓他突然得到靈感，之後的《寂靜之屋》、《白色城堡》……陸續出版，皆以帶有強烈歷史奇幻混合的說故事方式，重新建構屬於奧斯曼帝國的興衰。

在二〇〇三年，他以《我的名字叫紅》[3]拿下當今世上單部作品獎金最高的都柏林國際文學獎，在接受《紐約時報》訪問時他說了這樣一段話：

你探索過去，企圖重新打造一個屬於自己的形象，其後你意識到其中的虛榮與浪漫成分。於是你又朝西方看，被最新的後現代表現形式啟發，還是逃不過虛榮。這就像鐘擺來回東西之間。但重要的是，你不必為此良心不安或將它過度問題化，這就是在世界角落的生活，我可以接受。我的快樂是來自能將歷史的來來去去轉為一首哀怨的旋律。

——見二〇〇三年八月二十七日《紐約時報》

這不禁讓我們回想起，他這部以十七世紀土耳其傳統細密畫師在遭逢西方

2　柯默（Yasar Kemel）。

3　《寂靜之屋》（*The Silent House*，一九八三）；《白色城堡》（*The White Castle*，一九八五）；《我的名字叫紅》（*My Name is Red*，一九九八），奧罕．帕穆克（Orhan Pamuk）。

畫派透視寫真新風格衝擊為題材的《我的名字叫紅》中，老畫師語重心長的這番話：「你們終其一生將永遠忙著追隨摹仿法蘭克畫風，為了擁有自己的風格到頭來還是沒有風格。」帕穆克難道是自相矛盾？誰都看得出他這部作品如何挪用了西方後現代的技巧，並以極具親和力的典型偵探故事包裝了中世紀掌故傳說，果然讓西方讀者與評論家看得津津有味。

帕穆克本人也絕非「活在世界的角落」，「譜寫他淡淡的歷史哀歌」。他可以說是國寶級人物，著作暢銷加好評，走到哪裡都是新聞。他幾度站出來公開批評當今土耳其政府的言論不自由與人權不彰，曾經拒絕接受土耳其政府頒發的「國家藝術家」頭銜，去年更因抨擊土耳其在一次大戰期間屠殺亞美尼亞人被政府起訴。但是以他的國際名聲，起訴最後當然撤銷。他在小說中總在找回失去的土耳其，但在真實生活中則是個國際人，談的是民主、自由與後現代。他豈不知自己現在所站的位置，也是在加速另一個土耳其的消失？

或是說，他巧妙地在百姓的政治／美學的政治之間找到平衡，不用調解，只須連結？若有識者覺得葉利尼克獲獎有政治因素，帕穆克又何嘗不是？但至少葉利尼克筆下的男女夠醜陋；品特不改挑釁本色夠有種，反觀帕穆克則始終優雅華麗。歷史與文化矛盾的主題，滿足的是一種當今籠罩全世界的鄉愁。讀他的小說讓人覺得自己很有深度，但是無從也無須涉入，在這個快速全球化的世界，文化疆域的鬆動與認同感的模糊，為帕穆克的作品搭起了最佳的布景。

帕穆克是一流的小說家，但是我們不能不注意他特有的一種「像鐘擺來回東西之間」的擺盪姿態——或許這是文學在影像網路文化當道的時代的另一種生存之道？帕穆克到底還是西方的，這並不是一種否定的宣判，反而可以提醒我們，像帕穆克這樣可以同時看見本國、國際讀者在哪裡的作家，或許已正悄悄改變著純文學的傳統。

尋找九一一

九一一事件在歷經十餘年後仍然是謎；所謂真相調查報告已經出爐，諸多疑點仍然交代不清引發揣測。更耐人尋味處在調查報告中提到，前柯林頓與布希幕僚中的反恐參謀顧問理查·克拉克（Richard Clark）於一九九六年亞特蘭大奧運前夕警告有關恐怖分子飛機自殺攻擊之可能，但由於他承認這並非根據情資，而是從湯姆·克蘭西小說《美日開戰》[1]中日本恐怖分子駕駛波音七四七撞進白宮之情節所作之臆測，因此這項警告未獲軍方重視。不料小說情節果真上演，只有恐怖分子的身分換做了回教蓋達組織。

雖然這只是九一一事件謎團外一則不幸言中的插曲，但卻說明了美國以及西方小說家在企圖以九一一為題材時的一大困境：小說都早已寫過，但在真實世界中 卻又變得不可思議！

不僅是湯姆・克蘭西寫過，許多小說名家都有過類似化身恐怖分子的奇想：屈指一數便有唐・德里羅的《毛二世》[2]、保羅・奧斯特的《巨獸》[3]、湯瑪斯・品瓊的《恐怖主婦》[4]等等，更不用提好萊塢以此作文章的電影提供更多的靈感。這些自由主義派的美國小說家當初意在對美國文化的怠惰與資本主義的腐敗做當頭棒喝，例如唐・德里羅就在書中假虛構人物之口說出「恐怖分子的成功就是小說家的失敗；以後小說家還有什麼可寫？」這樣的反諷。

1 《美日開戰》（*Debt of Honor*，一九九四），湯姆・克蘭西（Tom Clancy）。
2 《毛二世》（*Mao II*，一九九一），唐・德里羅（Don DeLillo）。
3 《巨獸》（*Leviathan*，一九九二），保羅・奧斯特（Paul Auster）。
4 《恐怖主婦》（*The Crying of Lot 49*，一九九六），湯瑪斯・品瓊（Thomas Pynchon）。

在九一一發生後，文化界的矛頭紛紛對準了唐·德里羅，認為他的嘲弄與賓拉登的傲慢聲氣相通，他無疑是九一一的發明者。向來辛辣的唐在輿論壓力下，在《哈潑雜誌》(*Harper's Magazine*)上發表了一篇名為《在未來的廢墟中》[5]的長篇論文。令許多人驚訝、甚至不解的是，唐·德里羅一貫喜在小說中解構美國神話，對美國文化持相當悲觀與譏諷的立場，這時卻又一轉為極度樂觀，強調唯有藝術才是瓦解恐怖主義之道，這與他曾藉作品主人翁之口所言：「恐怖分子得分，就是小說家的失分」，似乎有矛盾之處。

重新肯定美國價值，極似企圖為自己開脫的唐·德里羅，恰正說明了如何以小說反應知識分子對九一一看法的另一大考驗：國難當前，藝術與愛國主義如何取捨？雖然以九一一為題材的美國小說陸續出現，但是數量卻遠低於一般的預期與想像，究竟是藝術家們不想被認為在剝削或消費悲劇？還是悲劇震撼過大，還需要更長時間的沉澱？抑或美國文化中有些根本問題構成了他們的障礙與盲點？

事實上，九一一並未過去也是原因。從全國的震驚、哀悼，轉為一片愛國主義聲浪，然後出兵伊拉克宛如復仇東征，到如今戰事限入泥淖，國家在右派保守主義操弄下嚴重分裂，激昂正義又跌回了愁雲慘霧。同時恐怖分子繼續蠢動，國家安全一刻不能鬆懈。這樣一波三折的發展仍無近期收場之可能，我們更可以懷疑有多少小說家邊寫邊改、到最後擲筆一嘆。

顯然趕在第一波的作者，像是以《啥都瞭了》獲文壇矚目的新銳強納遜・撒佛恩，現在回頭再看他的《心靈鑰匙》[6]，一定也覺得自己過於天真。書中以一名父親在九一一救災中殉職的兒童為主角，他在遺物中發現了一枚不知何用的鑰匙，因此展開了一連串與父親生前相關人士的詢訪，藉此鋪陳出紐約市的災後人情。不僅是由於兒童觀點帶來的限制，更因作者無意（或無從）對這

5《在未來的廢墟中》（*In the Ruins of the Future*，二〇〇一），唐・德里羅（Don DeLillo）。。

6《啥都瞭了》（*Everything Is illuminated*，二〇〇二）；《心靈鑰匙》（*Extremely Loud and Incredibly Close*，二〇〇五），強納遜・撒佛恩（Jonathan Safran）。

次攻擊事件背後糾纏不清的宗教、種族、意識形態衝突作探索，以致這場劫後餘生的呈現可以換成任何一場天災後的場景。海嘯地震也會造成傷亡與英勇警消傷亡，但九一一事件的本質究竟為何？許多九一一後第一波的文學作品似乎都突破不了這個盲點，始終在受難者的表層觀點打轉。

對於美國而言，它的歷史從不曾真正教導過戰爭為何物，即使有了南北戰爭與越戰的教訓，但仍不改將戰爭賦予解救苦難、傳播自由民主真諦的光明意義。在美國文學史中，他們與第三世界的戰爭向來缺席，這樣的情況下，認定應該有所謂的「九一一文學」，何嘗不是陷入一種何者為因何者為果的弔詭？

反觀歐洲作家，在第一次大戰後立刻被引發針對主流價值崩盤的反省。T・S・艾略特、湯瑪斯・曼、D・H・勞倫斯、維吉尼亞・伍爾芙、普魯斯特即為二十世紀初以文學開創現代主義人文思考的翹楚，小說如何反映人的存在本質與現實條件間的扞格因此被推上另一境界。

存在主義並未真正出現在美國文學中，因為一方面美國立國精神即在對歐洲的黑暗古老包袱的反叛，現代與革新讓他們自絕於歐洲傳統的瓦解動搖，另一方面也因美國在兩次大戰中都成了某種獲益者，因此取代了英法德成為世界新強權。至於第二次大戰，如果對歐洲作家的衝擊來自殖民主義的徹底終結，這一波對異族與邊緣文化的重新定位也未影響美國這個以移民為主的國家，至今後殖民論述也仍在被爭論，是否適用於美國非裔與美洲原住民文學。

美國彰顯於世界的文化身分向來以不曾「殖民」過其他國家自居，但近半世紀他們以另一種形式的殖民達成資本主義全球化的作法，都被「後現代」輕輕一筆帶過。

或許因第一次大戰美國未參戰，第二次大戰戰事未波及本土，美國小說家沒有深刻的體會情有可原。美俄的「冷戰」衝突引發國內政治操弄，「抓女巫」風聲鶴唳造成的影響讓美國作家更加孤立，因此第三世界赤化被簡化成民主與極權的對立，而對第三世界受壓迫者的歷史與心態卻不曾深入瞭解。

接下來的越戰文學，基調乃在反戰，越南始終只是如同一片鬼影叢林的布景，真正對越戰來龍去脈的爬梳、對越南「他者化」的揭示竟然出現在英國小說家葛林的《沉默的美國人》中，美國小說至今仍無有可取而代之者。甚至當美國導演柯波拉以越戰為題材拍攝的《現代啟示錄》[7]，也得改編自康拉德的小說《黑暗之心》[8]。在這一連串的斷層下，如今九一一的發生，美國小說家又如何能及時掌握到第三世界與美國之間衝突的真相？

反而是以中東為背景的小說如《追風箏的孩子》[9]在九一一後洛陽紙貴，美國讀者與作家們總算意識到他們長期以來的空白，但這樣的臨時惡補反而出現消化不良的現象。小說巨匠厄普戴克竟試圖以回教觀點推出《恐怖分子》[10]，結果被批充斥了樣板式印象。

大師況且如此，其他趕搭「關心他者」列車其實在生吞活剝資料的現象可想而知。反倒是一些意在言外，不直接涉入現實、而改以暗喻方式批判美國在九一一後反動狹隘的小說，如派屈克・麥可葛拉塞的《鬼城》[11]、麥可・康寧漢的《試驗年代》[12]反映出比較真實的知識分子反省。但在文化界殷切期望有所謂「九一一文學」出現的情況下，他們較迂迴的表現方式不符合似乎已有定論的作品樣式，因此在激動的眾聲喧譁中顯得沉默及孤單。

至於唐・德里羅，背負了眾方期望終於推出了《墜樓者》[13]，結果仍不脫冷戰小說中著重對社會疏離的描寫，以一失婚男子在九一一後的生活改變為主

7 《現代啟示錄》（*Apocalypse Now*，一九七九），柯波拉（Francis Coppola）；電影。

8 《黑暗之心》（*Heart of Darkness*，一八九九），康拉德（Joseph Conrad）。

9 《追風箏的孩子》（*The Kite Runner*，二〇〇三），卡勒德・胡賽尼（Khaled Hosseini）。

10 《恐怖分子》（*Terrorist*，二〇〇六），約翰・厄普戴克（John Updike）。

11 《鬼城》（*Ghost Town*，二〇〇五），派屈克・麥可葛拉塞（Patrick McGrath）。

12 《試驗年代》（*Specimen Days*，二〇〇五），麥克・康寧漢（Michael Cunningham）。

13 《墜樓者》（*Falling Man*，二〇〇七），唐・德里羅（Don Delillo）。

軸。英文書名 Falling Man 立刻喚起的便是九一一悲劇當日，留在全世界收看新聞的觀眾心中一個不可抹去的符號，指的是一名叫祝理察（Richard Drew）的攝影師捕捉到的那位無名男子，從世貿中心跳下的連拍畫面。

當天還有許許多多在極度恐懼與絕望中墜樓的男人女人，但這個無名男子讓所有的哀悼與憑弔有了一個象徵性的對象，也許在未來的歷史記載中，這個符號會如同天安門坦克車前的男子、硫磺島上插旗的美軍一樣有名。唐．德里羅拿這個符號來作為主題，似乎依然有他後現代的一貫作風。只是在唐的小說新作中，此墜樓者非彼墜樓者。小說中也被稱做墜樓者的，是一個在九一一事件後，不時四處出現的行為藝術家，專門表演跳樓，而總在觀眾驚呼捏把冷汗之際，一張安全網便及時打開，行為藝術家毫髮無傷。

書中真正的主人翁是一位名叫凱斯的男子，在九一一後他下意識地回到與他分居兩年的妻兒身邊，到全書終了，悲傷、困惑、混亂、恐懼似乎暫告一個段落，凱斯也沒有特別理由地再次離開了他的妻兒。整本書的氣氛是壓抑而哀傷的，延續了唐・德里羅之前那本《身體藝術家》[14]中對死亡的咀嚼與反省。

唐・德里羅如何在這樣的一本小說中實踐了他於《在未來的廢墟中》所彰示的藝術？如果說他企圖擺脫充斥的影像報導，用他的文字帶領美國讀者作一次心靈上的重回現場，那他仍挪用媒體上流傳的「墜樓者」為符號，有論者以為不免失之空洞。唐・德里羅在書中還加進了當日駕機撞入世貿中心的激進分子的內心獨白，也令許多書評以為不恰當。

而我以為，唐・德里羅的作家本性難移，在新作中又忍不住開始揶揄批判美國文化了。對這個資本主義新帝國主義下的多數人民而言，九一一的震撼是短暫的；男主角還是會回到原來與家人疏離的生活，墜樓不過成了一種表演，只要有安全網就好，基於什麼原因與動機並不重要。

14《身體藝術家》（*The Body Artist*，二〇〇一），唐・德里羅（Don Delillo）。

或許作者又暗藏了什麼預言式警告，只有等下一回的悲劇發生後，才能知道小說家是否又喚起了人們的後見之明。

一網打盡的後殖民？
——魯西迪的《憤怒》

魯西迪二〇〇一年的作品《憤怒》[1]真可用「天花亂墜」來形容，隨手翻到任何一頁，都會看到怵目驚心而且筆力萬鈞的片段：

> 生命充滿了憤怒……種種的憤怒讓我們如登顛峰，也讓我們如墜深淵……
> 現在有生命的女人卻想要變成玩偶……最後就變成了只能代表她們那個階

1《憤怒》（*Fury*，二〇〇一），薩爾曼．魯西迪（Salman Rushdie）。

級的一種圖騰，而這個階級統治了美國，因此等於統治了全世界……街上的一具死屍看起來就像一個破碎的玩偶。

總有一天伊斯蘭教會把這城市裡所有像你這樣的猶太王八蛋皮條都清乾淨！

但是這本小說真如書前導讀所言的，是一種「後殖民復仇意識」？或是什麼「歸航」、「回寫」主題，移民人口集居都會形成一種「文化併生結構」，「進而達到消解西方正典論述的效應」？用這些現成的後殖民論述套在魯西迪身上簡直太容易了，如果只是期待這些議題，這本《憤怒》看與不看都無所謂。

然而如果你關心的是創作這個議題，向來喜歡魯西迪不是因為他夠「後殖民」，而是因為他的文筆（尤其若是能直接讀他的英文的話）飽滿痛快如山風海雨，敘事結構出神入化，當今英語系國家難有能望其項背，那麼這是一本不能錯過的「壞」書——看看大師可以這麼搞怪，就連失手也能跌落得這麼有聲有色！

如果印象沒有錯，大師在九〇年代短暫來紐約定居，遇到記者訪問時，都是說這個城市非常有趣，結果離開後就完成了這部他少數把觸角伸向西方資本主義社會、以世紀末大都會光怪陸離的人性之惡為主軸的作品。

主角索蘭卡，原是劍橋大學教授，然而他「對於學術圈的狹隘、勾心鬥角與偏僻性格感到絕望透頂」，於是辭去了人人求之不得的終身教職，跑去做了一個哲學入門的電視節目，結果他為節目創造的人偶「小腦袋」竟然征服了全世界，電視大紅不說，有關「小腦袋」的周邊商品全球掀起熱賣，索蘭卡更感到世人愚昧無救，重商主義加速世界沉淪，夫妻不和、鄰人不睦，他心中積壓的無限憤怒，終於有一天失控了，他竟無意識地拿了匕首想要手刃骨肉。

害怕自己的狀況惡化，索蘭卡逃離的倫敦，在紐約住下，結果更多的事件接二連三，中間還扯出一樁辣手摧花的連環謀殺案。他交了兩位女友，開始嘗試網路線上遊戲的設計，又再調入一個曲折離奇的虛擬世界……結局終於揭曉了他對玩偶執迷的祕密，幼年的他曾被繼父性侵，被強迫穿著女兒衫替繼父口交……

這樣的故事無非只是作者為將議題一網打盡的刻意設計，而且漏洞不少，禁不起深究。說他天花亂墜包含了兩層意思，魯西迪對整個世界、不光是西方強權都充滿了意見，但卻獨獨索蘭卡因為憤怒而成了全書不能苛責的對象，即便他家財萬貫，紐約所有的玉液瓊漿、軟玉溫香都享遍，可是他夠憤怒，所以是唯一眾人皆睡我獨醒的角色。你怎能對這樣一個來自孟買，到處遷徙，小時候還被性侵過的印度裔哲學教授沒有同情之心？

但是如果撇開做為小說觀之的這些角色刻劃、主題鋪陳的問題，純粹欣賞魯西迪犀利非常的大鳴大放，這本書的確讓人覺得開了眼界。

或者我應該索性建議讀者就把它看作一部鬧劇吧？堅持他是後殖民文學有些牽強，顯然大師也有意另闢蹊徑。曾經他在《午夜之子》[2]中嘗試了時空漫遊的虛實交錯，這回他大膽鯨吞蠶食所有流行文化，從媒體到夜店，從百貨公司到線上遊戲，甚至也大玩類型小說迷宮，有科幻、驚悚、懸疑、色情……我們真要說這是魯西迪覺得最能折射反照資本主義西方邪惡帝國的結構設計嗎？還是野心太大而失了焦準？

如果說真要找出一條可玩味的線索供評論者藉題發揮，我想是關於主角索蘭卡被自己一手打造的「小腦袋」玩偶摧毀，永遠得活在對方的陰影之下這個暗喻。或許是魯西迪亦覺得被自己的作品吞噬（尤其是《魔鬼詩篇》），永遠難逃它的陰影追逐。從這個角度來看，《憤怒》做為一本有關創作的小說，倒是可以與魯西迪其他作品做出區隔，彷彿可看出一種日後新的可能。

---

2 《午夜之子》（*Midnight's Children*，一九八〇），薩爾曼・魯西迪（Salman Rushdie）。

從伍爾芙到萊辛

——女性主義文學何去何從？

一九四八年，年輕的萊辛還只是在非洲羅得西亞南方的一個平凡的家庭主婦。然而在四九年，她做出了一個許多婦女想做卻一生無法達成的決定：毅然決然拋棄了婚姻家庭，只帶走了三個骨肉中最小的一個，前往倫敦，打算為自己創造一番不同的命運，並開始嘗試寫作。

如果我們記得麥可・康寧漢小說《時時刻刻》中的羅拉・布朗，我們也許可以想像在那個年代想成為一個「自由」的女性是多麼困難，羅拉・布朗說：「在生與死之間，我選擇活下去。」傳統的角色束縛令婦女運動出現前不少想擁有自主權的女性感到生不如死，羅拉·布朗最後安靜地老去，丈夫女兒與兒子都早她一步辭世，留下她孤零一人。而萊辛卻是如此幸運，一九六二年她出版了《金色筆記》[1]，不僅聲名大噪，也是一本銷售歷久不衰的現代經典。在高齡八十八，已經幾乎讓人覺得諾貝爾文學獎與她無緣之際，竟在眾人驚嘆中終於摘下桂冠。

為什麼要提到《時時刻刻》？因為萊辛深受維吉尼亞·伍爾芙的感召，就像康寧漢藉了伍爾芙作品《達樂維夫人》[2]又為我們召喚了伍爾芙的文學靈魂。萊辛《金色筆記》中的主人翁名喚安娜·伍爾芙（Anna Wulf）便是明顯的向她的文學導師致敬。伍爾芙傾畢生之力企圖創造一種文體，一種書寫，讓她的破碎靈魂得以安置，讓一種女性觀看世界的方式能夠獲得重視。最後

---

1 《金色筆記》（*The Golden Notebook*，一九六二），多麗絲·萊辛（Doris Lessing）。

2 《達樂維夫人》（*Mrs. Dalloway*，一九二五），維吉尼亞·伍爾芙（Virginia Woolf）。

她的意識流小說打開了現代主義的大門，也讓一代又一代的讀者與評論家為之傾倒，更遑論後代女性同胞在她作品透露出的女性主體意識下重新尋找自我。但是伍爾芙最後以自殺了結了自己的生命，在世時並未受到諾貝爾文學獎的青睞。

萊辛在二〇〇三年《時時刻刻》電影改編推出後為《衛報》（*The Guardian*）寫了一篇文章談論伍爾芙，指出電影中纖細敏感的伍爾芙並非她的全貌，她另有其瘋狂不羈、甚至粗俗的一面，甚至歧視猶太人，常為她的同輩們垢病。萊辛在結尾時如此寫道：「我們都希望我們的偶像是完美的……但是愛她就應該連她的疵都包含。她的顛峰之作足以說明她是一個偉大的藝術家。」

所言至此，我無非是想對萊辛這次的獲獎，從一個對單純對作品特色的討論，延伸到這五十年來所謂女性書寫、女性意識背後歷史與社會的一個脈絡。萊辛在第一代女性主義萌芽先驅如伍爾芙的影響下，身體力行追求獨立自由，以反傳統的小說敘事跨出女性書寫的一大步，但是究竟主流的評論家們，包括諾貝爾這份遲來的肯定，真的是由於萊辛作品的本身，還是藉機將女性主義作家與激進瘋狂的左派波西米亞繼續劃上等號？抑或是，像萊辛這樣拋家棄子、參加過共產黨、社會運動的女性作家，其實是自知在投父權與主流所好，以這種方式努力爭取到文壇的位子？

萊辛也好，或是小她一輩卻在二〇〇四年先摘下桂冠的葉利尼克也好，她們何其幸運，沒有落入像羅拉．布朗的難全之憾，完成了自己後面對的是無盡的欷歔與只有自己了解的歉疚。萊辛在二〇〇二年出版了《最甜的夢》[3]後接受《紐約時報》訪問時坦承，如果當年她不做出離家出走的決定，她不是成了一個酒鬼就是最後被送進精神病院：「但是我非常努力不讓自己感覺內疚……如果重來一遍，我仍會做同樣的選擇。這是我這一生做過最糟糕、也最了不起

3《最甜的夢》（*The Sweetest Druam*，二〇〇一），多麗絲．萊辛（Doris Lessing）。

的一件事。」

這本《最甜的夢》雖是小說，但是讀者很快就能認出其實是她自傳第三部的變體。自傳首部《本性》記錄的是她在伊朗的童年以及婚後在羅得西亞的回憶；第二部《暗地行走》[4]則是她初到倫敦嘗試寫作、直到寫出《金色筆記》前的奮鬥時光。然而緊接而來的時光裡，萊辛成了一名積極的社會運動者，這應該是她自傳第三部的內容，她卻避開了自述方式，改以小說敘述重回她的一九六〇年代現場。

有趣的是，在《金色筆記》中萊辛早就點破了女性主體破裂的困境，女主角為克服男性表述對女性的箝制，採取了多元拼貼式的敘述策略：紅色筆記裡是記載參與的政治活動，黑色筆記裡寫下的是回憶，藍色則是私密情感告白，黃色收集的是小說的草稿。萊辛在事隔四十年後，面對激烈張狂的過去也做出虛構／自傳分野，難道女性書寫在這位教母筆下，仍呈現了主體性難以整合的命運？還是說，對自己走過的路，她現在已有所保留不再赤裸公開？

在一九七一年《金色筆記》的再版序中，萊辛認真呼籲不要把她這部作品看成是在支持女全權運動；她說更重要的主題是意識形態的瓦解。後來許多文學研究者把《金色筆記》看做是後現代小說的濫殤，也被萊辛公然駁斥。一九七〇年代，她突然開始寫起科幻小說，《卡努帕斯》系列[5]，被書評攻擊得體無完膚。接下來她在一九八二年做了個寫作實驗，以珍・莎莫絲為筆名寫了兩部小說：《一個好鄰居的日記》與《時不我予》[6]，匿名投稿竟然被自己的經紀人退稿，最後終於出版，不知作者竟是萊辛的書評們也多搖頭，更不用說《金色筆記》當時全球銷售已近百萬，這兩本小說出版後一本只有一千五百本銷

---

4 《本性》（*Under My Skin*，一九九四）；《暗地行走》（*Walking in the Shade*，一九九七），多麗絲・萊辛（Doris Lessing）。

5 《卡努帕斯》（*Canopus in Argos:Archives*，一九七九—一九八三），多麗絲・萊辛（Doris Lessing）。

6 《一個好鄰居的日記》（*The Diary of a Good Neighbor*，一九八三）；《時不我予》（*If the Old Could*，一九八四），珍・莎莫絲（Jane Somers）。

路，另一本不過三千。

消息曝光後，萊辛對於大家認不出她的風格大表不解，認為這是女作家普遍面臨的困境，沒有名氣就很難獲重視。一九八五年又以原名推出了《一個乖乖的恐怖分子》[7]，重彈女性參與政治的老調，評論家們更加不耐，《紐約時報》書評丹尼斯·唐納修[8]直言萊辛的名氣不是來自作品文字而是題材討巧：非洲，黑白衝突、女性受迫與男性的加暴；甚至說她不知道該用什麼樣的文字來駕御她的題材，連「文字貧乏」（drab）這樣的批評字眼都出現了。書中女性主人翁愛麗絲自以為是，靠偷靠騙，靠社會福利金救濟，一心還在致力顛覆社會，讓書評表示「不敢苟同」（hard to care about her fate）。

當真是萊辛背負了女性書寫之罪？她做這樣的試驗動機究竟為何，耐人尋味。然而這一則小插曲也提醒了我們，當前有多少走紅的作品，是因為作者自我標示出的「身分」？

一九八〇年代以後的萊辛幾乎漸漸淡出了評論家的熱烈討論，一度被公認摘諾貝爾有望，也隨著時間消逝慢慢不被重提。但萊辛更像是發了瘋似地猛寫，年過八旬後仍然以一年或兩年一本的速度在創作。難道這不是女性書寫的另一種困境？不論怎麼一試再試，永遠不容許走出當年的《金色筆記》。豈因為當年的題目已過時？看看後來上市的童妮・摩里森到瑪格麗特・愛特伍[9]，哪個不是在繼續翻演男人女人、黑人白人的戰爭？

這時候諾貝爾委員會像是突然一個瞌睡醒來，把獎頒給了在《金色筆記》後四十年一直希望突破、卻越來越教人不忍的萊辛。不知道萊辛是不是在心裡暗自羨慕伍爾芙，不必面對後來所謂女權、後殖民、後現代這些「政治正確」的標籤？

7《一個乖乖的恐怖分子》（*A Good Terrorist*，一九八五），多麗絲・萊辛（Doris Lessing）。

8 丹尼斯・唐納修（Denis Donoghue）。

9 瑪格麗特・愛特伍（Margaret Atwood）。

萊辛到底還是拿到了諾貝爾；但是她是否也成了諾貝爾以這些「政治正確」標籤變相窄化女性書寫的幫凶呢？諾貝爾文學獎歷史上總共不過十六位女性獲獎人，幾乎一半都與這樣的標籤脫不了關係。

文學中的女性主義如何走出下一步？我們除了讀萊辛之外，不能不想到所有其他像羅拉．布朗那樣的平凡女性。連萊辛在享有盛名後都還在徬徨尋找出路，那些只是因為受到感動而出走，並沒有聽到掌聲的女性同胞呢？

我曾經公開說過多次，諾貝爾文學獎基本上與世界文學思潮有三十年的時間落差。當然這並不表示萊辛這次獲獎有爭議，只不過當葉利尼克獲獎時，她做品中有關性、暴力、女性身體與政治這些議題的探討，已經顯得尋常而疲軟，諾貝爾委員會卻先把獎頒給了葉利尼克這個後生晚輩，對於早在一九六〇年代便以《金色筆記》高舉女性主義大旗震驚世界的萊辛而言，難免有些難堪，更凸顯了諾貝爾文學獎的時空錯亂。

過去十幾年來幾位諾貝爾女性獲獎人，從南非的葛蒂瑪、美國的摩里森，德國的葉利尼克，幾乎都在這同一路數上：女性書寫與種族衝突，記憶與女性主體、身體政治與國族，這豈不是變相加強了另一種女性作家的刻板形象？

類似的議題拼裝在台灣盛行也有一段時間，這次我們終於可以驕傲地說，我們跟諾貝爾越來越接近了，但是更值得思考的是，我們在二十一世紀才終於有了萊辛的中譯本問世，究竟只是因為諾貝爾而扮演起粉絲型的追隨者，還是我們具備了對這位女性主義先行者有重新定位、檢視、甚至批判的能力？

對萊辛晚了三十年獲獎，我們應有另一種立場觀點。重點不該是放在她個人獲獎的意義，而是這四十年下來，文學中的女性主義發展是不是該有全面的檢視？如果不是像萊辛出生於伊朗、成長於非洲、移民到英國這樣傳奇的背景、或如摩里森是有色人種、葉利尼克是共產黨員，女性書寫是否仍然是被壓抑的？

我拿起一本瑞蒙・卡佛

我拿起一本瑞蒙・卡佛。那是我剛到美國唸書的時候，他已經死了。我在書店看到他的照片。在書封底，黑白的，一個粗眉毛的白人男子。我翻回書正面，他的書——都是短篇小說集——每個封面都是風格相近水彩畫。畫的是床上抽菸的女人，或是男人喝酒的背影。他已經死了。早死的作家，都讓我發生興趣。

要來談瑞蒙・卡佛，很難。因為是談他，我的句子就不可以那麼複雜。他是我看過最會用簡單過去式的英語作家。用中文寫作的我，一直很好奇能不能也這樣寫，整篇小說都不用形容詞或者副詞。除非必要。例如：「他走進來坐下。她看著他。旁邊有人說話。他說。她說，他又說。她點點頭。」

我寫沒幾句就看始心不在焉——不，應該也不可以用成語。我沒寫幾句就開始抽菸。我把菸捻熄。我在想，為什麼？

為什麼他要這麼寫？我試著學他。我的句子都太長了。可是我把句子改短也成不了瑞蒙·卡佛。因為，他的小說開頭都是這樣的：「星期天，她開車去購物中心的糕餅店」、「這個瞎子，他是我太太的老朋友，正在路上要來過夜」、「我這個同事，巴德，邀請我和弗蘭去他家晚餐」。

我如果說，「一個平靜典型的星期天，她開著車，正要去一家位於鄰近購物中心的糕餅店」，那就不對勁了。老瑞蒙只是敘述，這個女人某天去了一個地方。他並不是打開錄影機，讓我們看到這個女人在開車，而且這一天到底平不平靜，天曉得！但是第二個例子卻又是有一個瞎子「正在路上」，為什麼不是「有一天，這個瞎子，他是我太太的老朋友，來我家過了一夜」？第三個例子，為什麼不是這麼說：「我和弗蘭正要去我的同事巴德家家晚餐」？

為什麼？老瑞蒙這樣開頭應該有他的理由。我最早讀他的作品，因為是英文，我特別注意這種文法問題。也許，我猜，故事的發生，都有不同的起點。我不能學瑞蒙・卡佛。不是因為我不用英文寫小說。用他這種方式開頭，我就要發起呆了。（我就發呆？我發呆了？我通常就會像呆子一樣不知道該怎麼往下寫？）「星期天，她開車去購物中心的糕餅店」，有太多種可能——什麼事都有可能。也可能什麼事都沒有。

什麼事都有可能。也可能什麼事都沒有。他的小說讀多了，就會覺得他在重複這句話。這會讓人很沮喪。活著就是像這樣。來說一個這樣的故事，關於活著，句子不可以太複雜。因為活著已經是很複雜的事。

沙特很不滿意所謂的寫實主義小說。他說，那種故事裡，「不管走去哪裡，草都不會生長。」因為事件過去了，小說裡的世界是死掉的。我想他應該來讀一點瑞蒙・卡佛。沒錯，就是一個死掉的世界。統統都變成了簡單過去式。但是老瑞蒙就是對這個死掉的世界很有興趣。就像我對他的簡單過去式也很感興趣，因為中文裡沒有。我從老瑞蒙的小說裡聽到一種聲音。是死人的聲音，但是很溫暖。我不知道是不是我有毛病？

「一件很小、很美的事」。那到底是什麼？

可以是幾根羽毛，也可以是一座宏偉的大教堂。我讀完那篇〈大教堂〉的時候，有一種溫暖激動的感覺。我不知道大教堂應該是什麼樣子，我也不知道幸福是什麼樣子，或是死亡是什麼樣子。我一天一天過下去，希望有一天會知道，但是也許永遠不會。我想，老瑞蒙會這麼跟我說，所以要寫下來啊！那個瞎子，讓自己的手「搭乘」著說故事的人的手，隨著繪出的線條在紙上走。他撫摸線條在紙上透出的凸痕。我也搭乘老瑞蒙的聲音，往人的心中走。他的短句子在我心上留下凸痕。

瞎子當真不知道大教堂是什麼嗎？或許他才是那個繪出真正大教堂的人。很多人花很久的時間蓋的房子，那就是大教堂。我們後來都住在裡頭，但是我們繪不出教堂的樣子。

我第一次讀到瑞蒙・卡佛的時候，他已經死了。以前，我從來不知道，每一個故事中的每一個句子，都可以是一個祕密。

世界很大。我在我自己的生命裡，跟這個世界無關，又好像有關。老瑞蒙把世界變得很小，卻是一個充滿不可知的世界。每個人都知道那個世界是什麼，就像以為知道道德是什麼，愛情是什麼。我們都是拼圖中的一塊，每一塊拼圖有一定的形狀，一定的位置才能擺得進去。每一塊拼圖一定連著其他好幾塊，沒有一塊拼圖只有它自己。沒有人知道圖拼完會是什麼樣子。

之前；以後；然後；那時；這時；最後；終於；現在……我拿起一本瑞蒙・卡佛。

我開始拼圖，試著寫下一句簡單過去式。

（全書完）

後記
文學在青春轉身後

重新編輯這本二〇一四年出版的集子，幾乎可以說是多年來的一個心願終於完成。

讀過我《何不認真來悲傷》的朋友，大概可以明白我的生活在這一年裡已經陷入了混亂，但是外界並不知情。我仍然努力撐住，一方面得處理家中接二連三棘手的困境，一方面仍舊「正常的」教書寫書編書，不讓人看出我的身心俱疲，已排定的工作，依然一項項照表使命必達。現在回想起來，真不知道自己當時是怎麼做到的。就連《何不認真來悲傷》也是在這樣的狀況下，以一周一篇的專欄方式寫下的。

接下來的這些年，每當我重翻自己的這本《如果文學很簡單，我們也不用這麼辛苦》，對於自己竟然能倖活下來，感覺這本書彷彿也隱隱提供了某種答案：從我接受了文學就是一個不簡單的苦差事開始，我何嘗不是也同樣咬著牙在面對自己的人生？

這本書的內容，看似集結了一篇篇的文學漫談，實則是我初回台灣的前十年的人生縮影。

被稱為早慧新銳小說家的年紀早已過去，去國多年基本上已不太知道所謂的台灣文壇到底在想什麼。青春轉身，四十歲忽焉而至。然而，我不問文學能讓我得到什麼，反而是自問，我還能為我心目中的文學做什麼。

外面的人看我窩在花蓮投身於創作研究所，或經常以學者身份出席評審會研討會，殊不知，我內心裡依然是以一個創作者自居，想像自己是一個看似退隱卻沉潛待發的武者。不逞口舌論劍之快，搬弄著理論與人高來高去，修持的是辯證與實踐，文學能否成為意志中的一條韌帶，拉住它就可以撐住自己再向前一步，慢慢逼近自己所希望成為的一種創作者——

把多年在外面所看到的世界帶回台灣，從本土重新發芽。

後來有人把我的《何不認真來悲傷》、《我將前往的遠方》、《來不及美好》稱為「人生私散文三部曲」。但是我還有另一個三部曲，那就是我的「文學修行三部曲」：《在文學徬徨的年代》（２００２）、《如果文學很簡單，我們也不用這麼辛苦》（２０１４），以及《作家命》（２０２１）。每一本都是經過了八到十年的慢火熬煮。

初回國看見台灣在開放解嚴十餘年後，在自由多元、國際本土、顛覆解構……各種思潮拉扯之下難掩某種徬徨，我遂用十八個問題的方式，為自己如何重新接軌台灣畫出了某種藍圖。

藍圖容易，繼續相信與實踐這份藍圖才是真正的考驗。《如果文學很簡單，我們也不用這麼辛苦》做為三部曲之二，銘刻的正是我重回創作路上艱辛的十年。

第一本《在文學徬徨的年代》，意外地一出版便選為金石堂每月一書。第三部《作家命》上市時，又適逢獲得聯合報文學大獎之後。《如果文學很簡單，我們也不用這麼辛苦》好像命中註定，成為了三兄弟中最容易被忽略的老二。

但是我最心疼的也是它，知道它總是忍氣吞聲，默默努力不懈，不知接下來的人生會怎麼走，而因此總是戰戰兢兢。

對它也格外歉疚。因為當年的我若非處於人生低谷，各篇的編輯上應該可以做得更好。斷版後的這些年，我依然希望有朝一日能有機會補償它。感謝木馬文化願意接手協助我這個想法，讓這本書能以新編、新版的面目重回到三部曲的行列。

除了編排順序與內文段落上做了調整之外，內容也有刪有增。

如今多了一種回顧的格局，看見它做為個人文學生涯中辛苦的十年見證，當年還沒有答案的一些疑問，現在的我嘗試補上幾篇作為回應。

舊版中有一篇討論丹．布朗的長文，還曾被引用做為大學指考的國文試題，這次忍痛割捨原因無它，因為丹．布朗後來的作品表現遠不如預期。但是對商業類型文學，我從來沒有失去瞭解與分析的興趣。取而代之的是一篇討論瓊瑤電影歌曲的長文。

不管是所謂嚴肅的純文學，還是商業的類型小說，要能打動讀者造成風潮，其實都一樣的辛苦。即便我未曾有機會（或說沒有能力）轉戰類型文學的跑道，但是大家或許可以從《如果文學很簡單，我們也不用這麼辛苦》看見，在這場文學的長跑中我從未劃地自限。

因為我念茲在茲的是「文學」，而不是自己的作品。

如果文學很簡單，我們也不用這麼辛苦

作者　郭強生

社長　陳蕙慧
副總編輯　陳瓊如
行銷企畫　陳雅雯、尹子麟、余一霞、汪佳穎
封面設計　莊謹銘
封面攝影　TODAY TODAY（Nick Song）
排版　宸遠彩藝

讀書共和國集團社長　郭重興
發行人兼出版總監　曾大福
出版　木馬文化事業股份有限公司
發行　遠足文化事業股份有限公司
地址　231 新北市新店區民權路 108-2 號 9 樓
電話　(02)2218-1417
傳真　(02)2218-0727
Email　service@bookrep.com.tw
郵撥帳號　19588272 木馬文化事業股份有限公司
客服專線　0800-221-029
法律顧問　華洋國際專利商標事務所 蘇文生律師
印刷　呈靖印刷股份有限公司
二版一刷　2022 年 01 月 25 日

定價　400 元
ISBN　9786263140769 (紙本)
9786263141223 (EPUB)
9786263141216 (PDF)

國家圖書館出版品預行編目

如果文學很簡單 , 我們也不用這麼辛苦 / 郭強生著 . --
二版 . -- 新北市 : 木馬文化事業股份有限公司出版 :
遠足文化事業股份有限公司發行 , 2022.01
面；　公分
ISBN 978-626-314-076-9(平裝)

1. 小說　2. 文學評論

812.7　110018583